T0048098

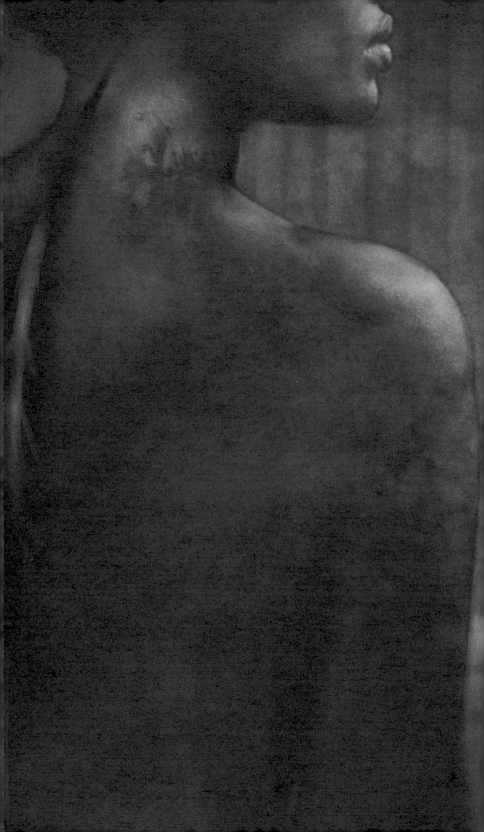

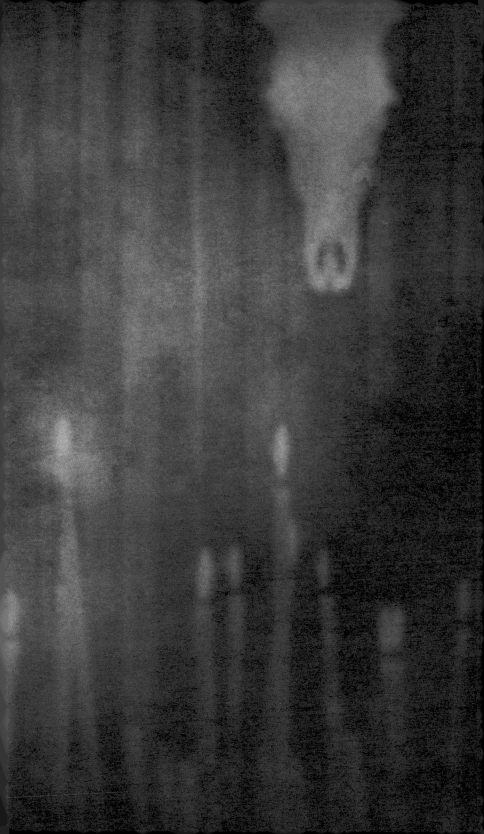

La Nación de las Bestias

DE LAS

Bestias

Un Segundo Amor

GRANTRAVESÍA

Mariana Palova

LA Nación
DE LAS
Bestias

Un Segundo Amor

GRANTRAVESÍA

Un segundo amor
La Nación de las Bestias

© 2021, Mariana Palova

Diseño de portada e ilustraciones de interiores: © Mariana Palova
Fotografía de la autora: Cristina Francov

D.R. © 2021, Editorial Océano de México, S.A. de C.V.
Guillermo Barroso 17-5, Col. Industrial Las Armas
Tlalnepantla de Baz, 54080, Estado de México
www.oceano.mx
www.grantravesia.com

Primera edición: 2021

ISBN: 978-607-557-448-6

Todos los derechos reservados. Quedan rigurosamente prohibidas,
sin la autorización escrita del editor, bajo las sanciones establecidas
en las leyes, la reproducción parcial o total de esta obra por cualquier
medio o procedimiento, comprendidos la reprografía y el tratamiento
informático, y la distribución de ejemplares de ella mediante
alquiler o préstamo público. ¿Necesitas reproducir una parte
de esta obra? Solicita el permiso en info@cempro.org.mx

IMPRESO EN MÉXICO / PRINTED IN MEXICO

NOTA
DE LA AUTORA

La *garantía sangrienta*, la diversidad cultural y étnica, así como los sucesos históricos relatados en este libro, están inspirados en tradiciones, lugares y sucesos verídicos, pero no representan mis creencias ni reflejan las de ninguna persona en particular; ésta es una obra de ficción.

Que siempre encontremos el sol después de la lluvia.

Bienvenidos de nuevo a Nueva Orleans.

*Para todos aquellos que necesitan
una segunda oportunidad.*

CAPÍTULO I
INUNDACIÓN

La primera vez que fijé un ojo en ti, supe de inmediato que tenías algo especial, a pesar de no ser más que un simple humano. No sé si fue por cómo tu sombra, proyectada sobre el asiento del coche, parecía más viva que tú, o por la manera en la que revisaste el tambor de tu pistola para asegurarte de que estuviese cargada.

Hoy en día aún me pregunto qué me pareció tan maravilloso de todo el paisaje hostil en el que consistía tu persona o qué tenía de hermoso ese semblante eternamente irritado, pero lo que sí tengo claro es que si nuestros caminos se habían cruzado esa noche era por algo más que una coincidencia.

Apagaste el motor y bajaste del coche con calma. La lluvia golpeó con fuerza contra tu gabardina y el agua goteó con tanta furia a través de tus pestañas que cualquier otro se habría resguardado. Pero tan sólo pasaste una mano por la cara para limpiártela y avanzaste sin más por la calle vacía, apenas iluminada por un par de farolas que no tardarían en reventar bajo la tormenta. Te seguí, serpenteando entre las flechas de agua mientras escuchaba sorprendido cómo tu palpitar permanecía tranquilo, impertérrito.

Los truenos cocían las nubes a latigazos y la inundación rebasaba el filo de la banqueta; podías oler la peste de las alcantarillas atiborradas de basura e incluso divisaste cómo una rata luchaba por trepar sobre un árbol enclenque, ansiosa por salvar la vida. Pero nada de eso podía amedrentarte; pronto escucharías gritos por encima de la tormenta.

Chapoteaste en el agua sucia con la pistola bien sujeta en el arnés. Sabías que adentrarte solo y en mitad de la noche en Dixon era una idea estúpida, pero no había algo en el este de Nueva Orleans que lograra asustarte. No cuando crecer en Las Viñas tampoco había sido precisamente el paraíso.

Decidido a no detenerte en recuerdos de tierra árida y alacenas vacías, avanzaste un par de cuadras más. Una lúgubre fila de casas diminutas que llevaban años aferrándose a sus cimientos decoraba ambos lados del vecindario, como si fuesen un pasillo del cementerio de Saint Louis cuyas cercas metálicas no podían proteger a sus inquilinos de bestias peores que la lluvia.

Conmovido, cerré goteras, soplé con aliento caliente bajo las puertas y repartí bendiciones en las ventanas a medida que tu gabardina se sacudía con el viento. Ver a mis niños agazaparse en la oscuridad, abrazados a sus hijos mientras sus techos se sacudían, nunca era fácil; ser un Loa como yo, un espíritu regente del vudú, consistía, en gran medida, en vivir la eternidad con el corazón compungido.

Después de pasar de largo aquellos sepulcros, te detuviste en una esquina para observar a lo lejos una casa de dos pisos, la única que parecía tener el brío suficiente para erguirse ante semejante tormenta.

La luz fúnebre traspasando los cristales de la primera planta resaltaba como un faro en la noche, pero no era su resplandor cetrino el que te hacía saber que estabas en el lugar correcto: eran las ventanas del segundo piso, tapizadas por plástico negro y lo que parecía ser un sistema de ventilación mal instalado en una de las habitaciones del fondo.

Entornaste los ojos, incapaz de creer que las señales fuesen tan obvias.

Estabas a punto de moverte cuando un murmullo cargado de estática te hizo chasquear la lengua; la vocecita desesperada de tu capitán llamándote desde la radio colgada del cuello de tu gabardina, suplicándote que no avanzaras más por tu cuenta.

Bajaste el volumen del aparato al mínimo y seguiste caminando, a sabiendas de que, para cuando el grupo de inútiles que tenías por refuerzos llegase, ya sería demasiado tarde.

Tu informante te había dicho que no tenías mucho tiempo.

Al acercarte a la casa, percibiste la silueta de un hombre sentado en una silla al lado de la puerta de entrada, mirando hacia la lluvia con actitud serena, como si fuese lo más normal del mundo salir a contemplar un huracán a medianoche.

Torciste el mentón: si alguien vigilaba la entrada sería porque, efectivamente, la casa debía estar vacía y había *algo* dentro qué cuidar.

Decidido, cruzaste la calzada, pero viraste en la esquina y camino abajo para poder aventurarte en los callejones lodosos de las casas a espaldas de tu objetivo, a sabiendas de que la tormenta y el deficiente alambrado público ocultarían tu presencia de los curiosos vecinos.

Tras brincar un par de cercas y esquivar pilas de chatarra acumuladas en los jardines, alcanzaste el patio trasero de tu objetivo. El lugar estaba repleto de maleza, electrodomésticos oxidados y muebles podridos apilados entre bolsas de basura, por lo que no te fue difícil agazaparte contra un sillón roído —que por el ruido que escuchabas dentro, ahora debía ser un adorable nido de ratas— para dar un buen vistazo a tus posibilidades de entrar.

Me impresionó mucho la manera en la que mantuviste la calma al ver cómo un hombre robusto, que fácilmente te sacaba veinte centímetros de estatura, resguardaba la desvencijada puerta trasera de la casa, empapándose bajo la lluvia. No te apetecía arriesgarte a pelear contra el sujeto, sin contar que entre ese apretado impermeable negro bien podría descansar oculta un arma, así que buscaste un punto adecuado para entrar en el edificio sin terminar desnucado en el intento.

Resoplaste al ver que todas las ventanas, tanto de arriba como de abajo, estaban cerradas. El ruido de la tormenta era implacable, pero eso no significaba que pudiese amortiguar el de un cristal rompiéndose dentro de la casa.

Estabas a punto de calcular tus posibilidades de enfrentarte a aquel grandulón, cuando algo llamó tu atención: una rendija de metal asomándose en las faldas de concreto de la vieja casa; un sótano elevado que, con el paso de los años, se había terminado hundiendo en el suelo pantanoso de Nueva Orleans.

Con los sentidos alertas, te dirigiste en cuclillas hacia aquella abertura, colocada justo en medio de la construcción. Después de esquivar tubos oxidados y botellas de vidrio hechas añicos, pegaste tu espalda al concreto y miraste a ambos lados para asegurarte que ninguno de los dos delincuentes que custodiaban las entradas se hubiese percatado de tu presencia.

La ventana era algo estrecha, pero estabas en muy buena forma, por lo que apretujarte por esa grieta no supondría gran problema. Abrir la rendija tampoco fue complicado, debido al hundimiento, los tornillos ya habían cedido, por lo que sólo hicieron falta un par de vueltas de tu navaja suiza para poder removerla.

Lo que te preocupaba era lo que encontrarías una vez que cruzaras ese umbral.

—Dios, *amo mi puto trabajo* —el sarcasmo fue tan natural que no pude evitar reír un poco.

Sin más, te sentaste sobre el fango para deslizarte con las piernas por delante. Y una vez que caíste sobre lo que se sintió como una alfombra pastosa, un olor pestilente, como a orina de gato, inundó de inmediato tu nariz.

Sonreíste someramente, porque sabías bien lo que significaba ese tufo tan distintivo.

Encendiste tu pequeña linterna de mano. El suelo estaba encharcado, atestado de bolsas de basura, filtros de café, rollos de plomería, papeles manchados de rojo y muchos, muchos bidones vacíos… todo mojado debido al agua filtrada a través de las grietas del concreto; las paredes de tapiz enmohecido exhibían marcas de quemaduras y humo que ni siquiera la humedad había sido capaz de limpiar.

No cabía duda alguna: cuando el sótano se volvió inútil, pasó de ser un laboratorio de metanfetaminas a un depósito de basura. Y para poder seguir fabricando la droga debieron haber llevado todo arriba, al maldito segundo piso, arriesgándose a volverlo un blanco fácil.

A veces te sorprendía lo inepta que podía ser la gente, incluso cuando se trataba de hacer cosas de por sí estúpidas.

Avanzaste por el sótano con el objetivo de alcanzar la corta escalera de madera. Una vez que te abriste paso hasta la puerta, susurraste una última indicación a través de tu radio.

Después, la apagaste por completo y sacaste la reluciente arma del arnés en tu cintura, asegurándote de echar el seguro hacia atrás.

Al girar la perilla, te encontraste con un pasillo y una cocina desastrosa del otro lado, con la puerta trasera de la casa incrustada en el fondo y aún custodiada por aquel grandulón. Todo estaba a oscuras a excepción de una luz parpadeante que provenía de la sala, mientras que la escalera que daba a la planta alta se erguía frente a la entrada principal. Desde afuera, la construcción parecía más grande, pero por dentro, la basura y la suciedad habían consumido casi todo el espacio.

De pronto, la estática de un televisor zumbó hasta tus oídos.

—*Me lleva la chingada* —murmuraste muy bajo en español cuando, al acercarte a la sala con la espalda junto al muro, viste de reojo a dos sujetos echados sobre un largo sillón de tartán verde, cabeceando y con los ojos tan hinchados que apenas podían mantenerlos abiertos. El suelo estaba plagado de colillas de cigarro y bolsas de plástico manchadas de pintura en aerosol, lo que era señal de que tenían largo rato sumidos en su fiestecilla.

Sentiste deseos de rodear el cuello del informante con tus manos.

El sonido de una puerta azotándose en la segunda planta duplicó el flujo de sangre en tus venas. Regresaste sobre tus pasos hasta escabullirte en la cocina, con la vista fija hacia la escalera. Al agazaparte junto a una mesa repleta de botellas de vidrio, viste por el borde cómo un tipo vestido sólo con sandalias y un pantalón deportivo bajaba con absoluta serenidad, para luego asomarse hacia la sala. De inmediato comprendiste que ese hombre sobrio, atlético y de perfecta dentadura era el pez gordo del lugar, puesto que la regla número uno de los traficantes serios es nunca embarrarse en…

De pronto, unas luces rojas y azules se dispararon a través de las ventanas de la sala, congelando hasta la última gota de tu sangre.

—¡Maldita sea, la policía!

La puerta a tus espaldas se abrió con violencia y te arrancó el corazón.

—¡HIJO DE PERRA!

Una bala casi se incrusta en tu cabeza. El disparo encontró la puerta del sótano mientras volcabas la mesa para cubrirte. Las botellas se rompieron estrepitosamente y el olor del amoníaco ardió en tu nariz al empapar tu ropa. El enorme guardián del patio trasero había entrado, alertado por las patrullas y los gritos de los hombres en la sala.

Disparaste por encima del borde de la mesa sólo para hacerle saber al grandulón que también estabas armado. El tipo se acuclilló detrás de la puerta y detonó otro tiro, abriendo un agujero en la madera de la mesa a sólo centímetros de tu cadera.

Aquel estruendo fue suficiente para desencadenar un desastre.

—¡POLICÍA, ALTO! —escuchaste que alguien gritó desde afuera de la casa. En medio segundo, la puerta delantera se abrió de una patada; el hombre que la custodiaba cayó de espaldas contra el mugriento tapete del pasillo, aplastado bajo el peso de un miembro del escuadrón SWAT.

El enorme guardián se olvidó de ti en cuanto un puñado de hombres lo rodearon, apuntándole con rifles de asalto, y cuando una lluvia de disparos inundó tanto la sala como la cocina, no perdiste ni un instante. Te pusiste de pie y corriste hacia el pasillo sólo para ver cómo el pez gordo huía despavorido escaleras arriba.

Te lanzaste detrás de él mientras la cuadrilla inundaba la casa entre gritos y disparos como si hubiesen traído dentro la tormenta con ellos. El tipo alcanzó una puerta al fondo de la planta, y la abrió con una embestida de su hombro. Una luz ultravioleta alumbró el corredor.

Entraste al laboratorio clandestino con el arma por delante; la amplia habitación ocupaba casi todo el segundo piso y estaba llena de mesas con piletas, bidones, mecheros y recipientes que despedían un olor nauseabundo aún más potente que el del sótano.

—¡Alto, cabrón!

El tipo se estrelló de espaldas contra una puerta al final de las mesas. Sudando a chorros, giró para enfrentarte, con las manos aferradas a la madera y la cara contraída a causa del miedo.

—¡Aléjate, aléjate! —exclamó, como perseguido por un espíritu maligno.

La escena fue desconcertante, pero te bastó ver los recipientes redondos y aplanados de las metanfetaminas completamente vacíos para comprender que el hombre no temía por su vida, *temía por su mercancía*, la cual debía estar oculta detrás de esa puerta.

—No vale la pena —dijiste, tranquilo, pero sin bajar el arma—, ya sea aquí afuera o en prisión, tus "clientes" te lo harán pagar muy caro, así que mejor acabemos con esto por las buenas.

Los ojos llorosos de aquel hombre te hicieron entornar los tuyos y ladear la cabeza. Pero lo que sentiste no fue lástima, sino un súbito mareo provocado por los gases tóxicos del laboratorio al mezclarse con el amoníaco en tu ropa.

Tu brazo se balanceó por unos instantes y el sujeto frente a ti no dudó ni un segundo más. Alargó su mano hacia una mesa y, debajo de un recipiente volteado, sacó un revólver que apuntó directo hacia ti.

—Lo siento, ¡no dejaré que te lo lleves, *mon Seigneur*!

Y entonces, disparó.

La bala atravesó tu bíceps izquierdo y, como si yo mismo te hubiese clavado los colmillos, el dolor te empujó con fuerza hacia atrás. Cuando tu propia arma rugió en el aire, el sujeto no tuvo oportunidad de disparar una segunda vez.

Caíste de espaldas, sosteniendo un grito mientras el pez gordo se derrumbaba contra la puerta. La madera se pintó de carmín y los ojos de aquel sujeto se desorbitaron bajo el agujero que habías abierto en su frente.

Un silencio prolongado prosiguió al zumbido en tus oídos, para luego ser llenado por unos pasos que estremecieron el suelo de madera.

—¡Detective Hoffman, por Dios! ¡Hombre herido, hombre herido! —gritó una agente SWAT al verte en el suelo, con la sangre manando de tu herida.

Quisiste sentarte para retirar la gabardina, pero el impacto te había acalambrado todo el brazo. La puerta detrás del cadáver seguía sólidamente cerrada, y la mujer a tus espaldas no dejaba de pedirte que esperaras a los paramédicos para moverte.

La mandaste al diablo y te pusiste en pie. No es que ya te hubieses acostumbrado a la mordida de una bala, pero no era la primera vez que te disparaban ni sería la última, así que avanzaste hasta la puerta con los dientes apretados.

Tu visión se nubló, por lo que te frotaste los ojos con los dedos índice y pulgar, lo que te permitió percatarte de que sendas lágrimas cubrían el rostro del hombre en el suelo. Sentí mucha compasión por ti cuando el escozor de haber tomado una vida amenazó con quemarte al igual que el amoníaco en el ambiente, pero lo resististe apelando al dolor de tu brazo. Ahora lo único que querías era terminar con todo aquello, ver el maldito botín y asegurarte de que no te habías ganado una cirugía de extracción sólo para confiscar un puñado de *meth*.

Pero al pasar por encima del cuerpo y abrir la puerta, el desconcierto hizo que todo diera vueltas de nuevo.

El olor de los químicos tóxicos fue opacado de inmediato por la fetidez de un cadáver. No había drogas ni armas en la habitación, nada qué confiscar o guardar dentro de una bolsa para evidencias.

Tan sólo un niño moribundo, mirándote recostado desde la inmundicia de un colchón.

CAPÍTULO 2
CORAZONADA

Después de aquella noche, me fue muy difícil quitarte la mirada de encima, más cuando el capitán de tu división te mandó a descansar siete días completos. Tres para que te acostumbraras a tu nueva herida, tres por haber apagado el intercomunicador y uno más por decir que el *pendejo* que había arruinado la operación había sido él. Que mandar a las patrullas con las sirenas encendidas estando tú de encubierto había costado la vida de un hombre y abierto una cicatriz en tu brazo izquierdo.

¡Cuánto le hubiera gustado al capitán haberte impuesto un castigo mayor! Pero me causó mucha satisfacción el comprobar que, aun tras la sarta de improperios que le escupiste en la cara, el hombre prefirió ver su ego hecho añicos por tu florido léxico a sacarte de las calles por demasiado tiempo.

Después de semejante ajetreo, lo único que te consoló al final del día fue el contundente puñetazo que le propinaste en la nariz a tu informante, junto con la dulce promesa de meterlo a prisión un buen par de décadas por traicionar la confianza de un agente.

Así que, resuelto a hacerle la vida un infierno a cualquiera que decidiera respirar el mismo aire que tú, estacionaste tu fiel coche en la jefatura de policía. La mañana, fría como una lápida y con el cielo arropado de nubes, te recibió con una incesante llovizna que no dejaba de arruinarte el calzado.

Habría sido mejor que te ciñeras un buen par de botas, pero como tu padre siempre detestó la imagen estereotipada de detective, te daba igual que el agua te pudriera los zapatos con tal de conservarla.

Las gruesas columnas blancas de la entrada te recibieron con más alegría que los hombres uniformados que se refugiaban bajo ellas, y cuando te abriste paso por el edificio como si fueras el mismísimo huracán irrumpiendo en la comisaría, las cosas no fueron distintas. Todo mundo se mantuvo con la cabeza inclinada hacia sus papeles, encogiéndose a medida que pasabas a su lado.

Aguantaste el deseo de poner los ojos en blanco, no porque anhelaras que alguien te diera los jodidos buenos días, sino porque te irritaba que todo mundo tuviese la suficiente boca para decir pestes a tus espaldas, pero muy pocos cojones para escupirte de frente.

Con el tiempo aprendí que, aunque no eras la adoración de tus compañeros de distrito y tenías el humor de un caimán, la gruesa carpeta archivada en la gaveta principal del superintendente era motivo suficiente para mantener a todos a raya; doscientos noventa casos resueltos en tus doce años de carrera —una barbaridad, siendo que cada detective del departamento lidiaba a lo mucho con siete u ocho crímenes por año—, y una sucesión de alcaldes fanáticos tanto de tu trabajo como de tu cuestionable personalidad eran los ingredientes necesarios para mantenerte en el puesto.

Así que, sin más, llegaste hasta tu lugar de trabajo, un pequeño cubículo que, si bien tenían años sin aprobar presupuesto para cambiar el destartalado escritorio, al menos estaba al lado de un ventanal que tenía una maravillosa vista al callejón de los contenedores de basura.

Bueno, *tal vez el capitán sí se desquitaba de tu mal humor*, pensaste.

Arrojaste tu impermeable húmedo en el perchero y te remangaste tu gabardina nueva, sin importar que las gotas de lluvia salpicaran la carpeta azul acomodada sobre tu escritorio. Era el expediente del siguiente caso por resolver y, curiosamente, el único, siendo que por lo general tenías cuatro o más esperándote cada que terminabas uno.

Te resultó extraño. No sabías si te habías acostumbrado tanto a la violencia de Nueva Orleans que una semana tranquila de trabajo te parecía un desperdicio, lo cual era preocupante, no sólo porque hablaba mucho de tu salud mental, sino porque, conforme pasaban los años, ese oficio emocionante que te mantenía aferrado a la vida parecía comenzar a volverse... rutinario.

Enredándome en los brazos del perchero, te observé dejarte caer en la silla deshilachada y encender con pereza la computadora portátil. Al alargar la mano para tomar el expediente nuevo y empezar a capturar datos, un tirón en los puntos de tu bíceps te hizo proferir una palabrota.

—Vaya, ¿quién dejó entrar el huracán?

Ni siquiera levantaste la barbilla cuando un joven alto, delgado y de uniforme impecable colocó sobre tu escritorio una taza de café no solicitado. Y cuando miraste con fastidio los dibujos de rosquillas en la pulida cerámica, el chico se encogió de hombros.

—Sin azúcar y extraamargo, para que combine con su personalidad, jefe.

—Es demasiado temprano para mandarte a la mierda, Broussard.

Tu asistente sonrió con gentileza. Desde que conseguiste el puesto de detective dejaste en claro que trabajabas mucho mejor solo, pero el capitán de tu división siempre encontraba la manera de endilgarte a alguien que aspirara al puesto de compañero, de preferencia, una persona con poca experiencia y carácter blandengue que lo único que provocaría en ti serían deseos de patearle el trasero.

Hasta ahora, siempre habías logrado hacer que todos los reclutas renunciaran a las pocas semanas, pero para tu desgracia, Malen Broussard tenía la mala costumbre de ser el único novato que hasta ahora prefería poner la taza de café sobre el escritorio en vez de vaciártela encima. Ese chico de veintipocos años, de uniforme prestado y que desde hacía más de siete meses llegaba puntual todos los días al trabajo en autobús había resultado ser inteligente, organizado y, peor aún, tremendamente paciente, lo suficiente como para soportar tus ladridos sin salir azotando la puerta, así que hasta ahora no habías logrado sacudírtelo de encima.

Siendo honestos, tampoco buscabas nuevas maneras de hacerlo. O al menos, no tanto como antes. Su presencia era casi tolerable y el café que hacía no estaba mal, además…

—Imaginé que querría ver esto a primera hora, jefe, antes de comenzar con el nuevo caso.

Malen colocó delante de ti una carpeta amarilla a reventar de papeles. Y al leer la etiqueta del borde aguantaste el deseo de maldecir, porque justamente ibas a pedirle eso: el informe forense del laboratorio clandestino.

Ignoraste la cara de satisfacción del chico y omitiste el "gracias" que conceden las personas decentes cuando alguien hace su trabajo, aunque tu asistente no lo echara en falta. Él también había empezado a entenderte poco a poco, después de todo.

Abriste la carpeta y un análisis completo de la morgue se desplegó frente a ti. Había un paquete de fotografías engrapado dentro de los papeles y, por unos segundos, te preguntaste si realmente estabas de humor para ver *eso* con el estómago vacío.

La noche en la que abriste la puerta empapada en sangre y viste a aquel niño postrado en el repugnante intento de cama, la luz ultravioleta del laboratorio clandestino volvió todo aún más macabro, puesto que sendas manchas blancas, rastros de sangre y quién sabe qué otras inmundicias, plagaban las paredes, el suelo y las mantas que envolvían a aquella criatura.

El cuarto era poco menos que un chiquero, repleto de la misma basura que el resto de la casa. El sistema de ventilación que habías visto desde afuera estaba instalado a cal y canto en las ventanas, pero las aspas giraban tan despacio que habría sido igual si hubiesen rellenado los vanos con concreto.

Te acercaste, tambaleándote, para observar a la víctima. El pequeño no debía tener más de cuatro años de edad, y la forma en la que viró la cabecita para mirarte te provocó un escalofrío. Tenía una costra rosácea cubriendo toda su mejilla derecha y los ojos casi en blanco. Tampoco se movía demasiado, apenas lo suficiente para hacerte saber que estaba consciente de tu presencia.

Miraste sobre tu hombro, hacia el cadáver del traficante, y no supiste cómo proceder. Al menos, no de la manera profesional, y eso fue lo que más te inquietó.

Alargaste la mano hacia el pecho de la criatura a sabiendas de que estabas cometiendo un error al alterar la escena del crimen, pero no te importó porque sabías bien que a ese niño no le quedaba mucho tiempo.

Lo tocaste por encima de la tela y su cuerpo se sintió tan frío que casi te hizo retraer los dedos. No podías entender que un hombre como el que yacía muerto a tus espaldas, un desgraciado que ordenó ejecuciones, traficó con *mulas* y que había montado un lucrativo negocio de metanfetaminas que se embolsó la mitad de los drogadictos de Dixon, había estado dispuesto a matar a un detective con tal de que no se acercaran a su hijo.

Y hasta que un paramédico se acuclilló a tu lado para colocarte una mascarilla de oxígeno, te percatase no sólo de que el mareo te había hecho deslizarte por el borde de la cama hasta sentarte en el suelo, sino que el niño ya no se movía, con los ojos ahora cerrados; había muerto frente a ti sin que hubieras podido hacer algo al respecto.

Estaba bien. Nadie había dicho que tu trabajo fuera agradable y rara vez desembocaba en heroísmo. Por lo general, sólo terminabas atestiguando una tragedia, y esa impotencia era algo a lo que nadie podía acostumbrarse.

Ni siquiera un hombre como tú.

Te masajeaste los ojos ante el desagradable recuerdo y sacaste las fotografías del sobre, dispuesto a cerrar el caso y añadir el expediente número doscientos noventa y uno a tu carpeta.

¡Oh, Hoffman! En esos momentos me habría gustado enroscarme en tus hombros para darte un apretón, pero yo sabía muy bien que nada sería suficiente para prepararte para lo que estabas por descubrir.

Las imágenes granuladas y a color te hicieron arrugar la nariz.

El *rigor mortis* del cadáver del niño había desaparecido, y la hinchazón en el vientre ya empezaba a notarse. La autopsia revelaba que la intoxicación por los gases letales había reventado algunos vasos sanguíneos de la garganta, lo que explicaba la mancha seca en la mejilla. La elasticidad de la piel, el conducto anal húmedo, las larvas depositadas en las cavidades...

No cabía duda. El niño que te había mirado esa noche, sobre la cama, llevaba más de tres días muerto cuando lo encontraste.

—Caray —dijo de pronto tu asistente—, no entiendo cómo es que ese hombre dejó que su hijo muriera ahogado con la droga que él mismo fabricaba, ¿qué diablos tenía en la cabeza ese monstruo?

Ante tu tenso silencio y la manera en la que dabas vueltas una y otra vez a las fotografías, Malen carraspeó.

—¿Pasa algo, jefe?

—Si te quedaras callado un maldito segundo, lo sabría —murmuraste.

Tu asistente tan sólo alzó ambas palmas, sin tomarse a mal tu desplante. Rodaste un poco la silla para mirar hacia la ventana, tronando tus dedos frente a tu pecho. ¿Acaso estabas delirando esa noche? ¿Los gases del laboratorio, de alguna manera, te habían hecho ver y sentir cosas que no estaban allí, creer que ese niño estaba vivo cuando en realidad sólo era un cuerpo muerto? Eso explicaría la peste a cadáver, pero...

No. El amoníaco causaba desorientación, no alucinaciones, y no había forma en la que alguna droga se hubiera podido meter en tu sistema en forma de gas, pero las pruebas eran irrefutables, los análisis químicos no se equivocaban, y aun así... había algo dentro de ti, una corazonada poderosa que te decía que algo no terminaba de encajar.

Y fue entonces cuando supe que había dado con la persona correcta para enfrentarse a las sombras que amenazaban con cernirse sobre Nueva Orleans.

Te levantaste bruscamente, desestimando el nuevo caso que solicitaba tu atención al tomar el informe forense bajo tu brazo. Con un bramido, hiciste que Malen corriera detrás de tus pasos.

En cuestión de segundos, el tímido chisporroteo de las nubes se convirtió en una potente lluvia mientras salías de la estación a toda velocidad.

CAPÍTULO 3
SÍMBOLO

Apesar de la lluvia, la cinta policial todavía se sostenía con firmeza de las columnas frontales de la casa, aunque con un par de trozos ya arrancados a lo largo del barandal. Con las manos en los bolsillos, chapoteaste por el jardín del frente, ese pedazo de tierra lleno de chatarra que no tuviste el gusto de conocer la noche del altercado, hasta llegar al porche con los hombros empapados.

—Maldito impermeable de mierda —susurraste por lo bajo, insultando a la pobre prenda que habías dejado olvidada en tu oficina.

Malen te observaba desde el asiento del copiloto de tu coche, frustrado porque no le hubieras permitido bajar con el pretexto de que lo necesitabas vigilando por cualquier cosa que pudiera presentarse.

Bueno, era una mentira a medias. Al no haber pedido las llaves de la casa a la jefatura, tendrías que entrar usando métodos menos ortodoxos, y necesitabas que alguien te cuidara las espaldas.

Rompiste la perilla de la puerta de una patada. La casa era tan oscura de día como de noche ya que los vidrios habían quedado empañados por el humo de los químicos y el cigarro.

El intenso olor a productos de limpieza te hizo saber que el equipo todavía no había terminado con la escena, puesto que una buena cantidad de cubetas y cepillos estaban repartidos por la sala ahora vacía.

El alivio te recorrió, porque significaba que todavía podrías encontrar aquello que tu instinto te insistía en buscar, aun cuando no estuvieras muy seguro de lo que era.

Sacaste unos guantes de látex de tu bolsillo y subiste por la escalera llena de recipientes de cloro, bicarbonato y sosa cáustica, ahora con la suficiente calma para observar el deplorable estado del edificio. Lo que más te desagradó no fueron las tuberías asomándose por pedazos roídos del techo, ni las manchas asquerosas repartidas por toda la alfombra, sino el tapiz amarillento del pasillo, con una parte decorada con dibujos infantiles hechos con lo que parecían ser crayones rojos.

Al subir al laboratorio, lo encontraste igualmente vacío. Las mesas, las bandejas, los bidones, las cajas de basura y hasta la puerta donde la sangre de aquel hombre había quedado embarrada; todo se había ido, pero a través del umbral pudiste ver que el colchón mugriento seguía allí.

Tal vez era el último cuarto que faltaba por limpiar.

Una sensación desagradable te inundó todo el cuerpo al cruzar, pero preferiste adjudicárselo a la humedad de tu ropa y no al recuerdo de cuando ese niño te miró. Te acercaste para pasar una mano enguantada por donde había estado el cadáver; ya se habían llevado las mantas.

Presionaste el botón de la radio sobre tu hombro.

—Broussard —llamaste—, ¿qué dice el reporte sobre el colchón? Y si me contestas dándome la marca del fabricante, como cuando te pregunté sobre las cortinas en el caso de Algiers Point, te haré regresar a la estación a gatas.

Tras un largo minuto, la suave voz de tu asistente serpenteó entre la estática.

—Los fluidos de la descomposición no traspasaron hacia la sobrecubierta —contestó.

—¿Lo que indica que…? —le animaste a responder.

—Que el traficante cambiaba la ropa de cama frecuentemente.

O que dichos fluidos no se derramaron fuera del cuerpo porque, para empezar, nunca estuvo muerto, pensaste en silencio.

La sensación de que algo estaba fuera de lugar se acrecentó. Si el traficante quería evitar ser inculpado por asesinato, lo que explicaría por qué no quería que te acercaras al niño, ¿no habría sido más sencillo deshacerse del cadáver desde que el pequeño murió? Además, la fiereza con la que estaba dispuesto a defender el cuerpo era inexplicable. El hombre ni siquiera estaba drogado en el momento del enfrentamiento.

Al comprender que allí no encontrarías algo útil, te levantaste para salir de la habitación. Pero a unos pasos de la entrada, miraste de nuevo sobre tu hombro, hacia el colchón.

No podías entenderlo. ¿Para qué carajos había muerto ese hombre, en semejante muestra de "amor", si para empezar hizo sufrir a su hijo hasta las últimas consecuencias?

La familiaridad de la idea desbordó tu paciencia, por lo que apretaste los puños por lo bajo y decidiste mandar todo a la mierda. El niño llevaba días muerto por negligencia y el cabrón de su padre se había vuelto demente, negándose a aceptarlo. Eso había sido todo.

Saliste trotando por el pasillo, furioso contigo mismo por haber perdido el tiempo en algo que sólo había sido una alucinación, pero cuando bajaste la escalera, dispuesto a salir de la casa, decidí *ayudar*.

Un frasco de bicarbonato rodó desde un escalón hasta romperse sobre la alfombra del pasillo. Diste la vuelta y desenfundaste tu pistola del cinturón con un movimiento tan limpio como letal. Entornaste los ojos y repasaste el perímetro con la mira, para después avanzar con cuidado por el corredor. Y al acercarte a los restos del cristal, un extraño rechinido vibró bajo tu zapato, muy distinto a la sensación que te dejaba la alfombra mugrosa tras pisarla.

Alzaste una ceja al mirar hacia abajo y descubrir que el equipo forense había cortado un trozo del afelpado; un pequeño recuadro de no más de veinte centímetros que yacía dentro de la silueta de una gran mancha blanquecina.

Percibiste un olor muy desagradable cuando te pusiste de cuclillas para examinar el subsuelo descubierto. Con la cara arrugada por el asco, llamaste de nuevo por la radio.

—¿Qué hay del corte en la alfombra, muchacho? —preguntaste, tocando con la yema de tus dedos enguantados el trozo descubierto. El material estaba muy húmedo, casi podrido, y la mancha blanquecina se expandía desde el tapete hacia la pared, cuyo tapiz ya había comenzado a descarapelarse. Frunciste el ceño al comprender que el rastro se concentraba justo donde estaban los dibujos de crayones.

Estabas tan absorto que ni siquiera gruñiste por los tres largos minutos en los que Malen tardó en contestar.

—Eh, según el laboratorio —respondió al fin—, localizaron una mancha que parecía sangre seca, pero que al analizarla resultó ser sólo humedad.

Arrugaste el entrecejo, porque bien sabías que aquel olor no podía ser sólo madera podrida. Era increíblemente desagradable, *como si te hubieras sentado en una pila de cadáveres putrefactos.*

Tocaste la pared tres veces y el ruido hueco que hicieron tus nudillos contra el muro te hizo sonreír.

—¿Pasa algo, jefe? —insistió el chico a través de la radio.

—Mueve tu trasero aquí, Broussard —contestaste con una veta de emoción—, y trae el hacha de emergencia del maletero. Encontré algo.

✦ ✦ ✦ ✦

Cuando Malen entró en el edificio, quedó paralizado al verte arrancando grandes áreas del tapiz con un trozo del frasco roto. El pobre chico apretó el hacha contra su pecho, consternado, pero aun así, no dejaste de rascar la pared.

—¿Jefe?

—¿Hueles eso? —preguntaste, para luego observar uno de los pedazos marcados con crayón rojo. Él te miró un segundo con el ceño fruncido para luego expandir las fosas nasales.

—¿Una alcantarilla?

Con un bufido, le quitaste el hacha de las manos.

—¿Cómo va a ser una alcantarilla? ¿Acaso no has aprendido nada en la morgue?

Malen retrocedió con los ojos bien abiertos.

—No, no puede ser un cadáver —exclamó—, ¡trajimos a los perros y no encontraron nada!

—Tal vez porque todavía no era uno en ese momento.

El chico palideció cuando clavaste el hacha sobre el muro y la cabeza de metal no rebotó con violencia, como debería hacerlo si se hubiese estrellado contra una viga u hormigón. Al contrario. El filo del arma se clavó contra la superficie y la astilló en un sonido hueco y lastimero.

El olor a cadáver se intensificó tanto que Malen tuvo que cubrirse la nariz.

—¿Corcho? —exclamó.

Terminaste de abrir un agujero del tamaño de una cabeza para luego recargarte en el hacha a modo de bastón. Te habías jalado los puntos de sutura una vez más, pero la adrenalina de saber que habías encontrado algo interesante te hizo ignorar el dolor.

—Una pared falsa —dijiste con satisfacción ante semejante hallazgo—, abrieron un hueco y luego volvieron a cubrirlo. Y como el corcho es de tan mala calidad, se arruinó con lo que sea que se esté pudriendo allí dentro.

Malen no parecía compartir tu entusiasmo.

—Jefe, ¿no debería dejarle esto a los de homicidios? —preguntó con justificado nerviosismo. En esos tiempos eras detective en la división de narcóticos, así que no había motivo para que te metieras en problemas a menos que lo que estuvieras buscando fuese un almacén de drogas. Ahora que estaba claro que el olor que emanaba de aquella pared no venía exactamente de un paquete de metanfetaminas, no tenías nada más qué hacer allí.

El pulso dentro de tus venas te hizo continuar. Levantaste el hacha de nuevo y con el filo empezaste a arrancar trozos gruesos de corcho hasta que aquello que buscabas por fin se reveló.

—Pero mira qué tenemos aquí…

Era un bulto de tela color rojo, incrustado en una de las vigas horizontales de la pared y cerrado por gruesos filamentos de estambre negro.

Por instinto, echaste un poco el cuello hacia atrás al percibir algo obsceno en la apariencia de aquella cosa, aunque no sabías bien qué. La tela de franela lucía sanguinolenta por la humedad, además de que estaba llena de cosas que parecían ser unos recipientes.

Malen se acercó a tu lado para asomarse por la abertura. Todo el color de su cara desapareció.

—¡No, deténgase! —gritó cuando alargaste la mano para tomar el paquete—, ni se le ocurra tocarlo, ¡esa cosa es muy peligrosa!

—Pero, ¿qué...?

—*Conjure...*[1] —susurró con los ojos bien abiertos y a punto de jalarte de la gabardina. Miraste de nuevo hacia el bulto oculto en la pared.

No era la primera vez que veías algo de aquella naturaleza, y mucho menos en las zonas turbulentas de Nueva Orleans, pero algo en el olor de aquel objeto te hizo saber que esa ocasión las cosas eran distintas. No sabías si era porque la imagen de aquel niño se te había quedado clavada en la psique, o porque seguías sin explicarte la desesperación de aquel hombre por proteger un supuesto cadáver.

Pero fuera lo que fuese, sabías que estabas a punto de involucrarte en algo peligroso, un misterio inquietante que no sería fácil de resolver.

Y para ti, no había sensación en el mundo más maravillosa que ésa.

---

[1] También conocido como *hoodoo*, es una forma de magia utilizada por la población afrodescendiente del sur de los Estados Unidos que no se relaciona necesariamente con las prácticas vudú.

CAPÍTULO 4
MAGIA IMPROCEDENTE

—¿No deberíamos esperar a los auxiliares?

—La puerta está abierta si quieres largarte, Broussard —respondiste, para luego ponerte un par de guantes de látex nuevos—, además, éste sigue siendo *mi caso*. Y a menos que encontremos restos humanos aquí dentro, no pienso dárselo a los pendejos de homicidios hasta que llegue al fondo del asunto.

Tu asistente tragó saliva y luego asintió, con el presentimiento de que, aún si encontraras una cabeza dentro del bulto, no dejarías el asunto en otras manos. La morgue estaba vacía, pero él sabía que tampoco te importaría mucho si uno de los forenses llegaba y te sorprendía usando los instrumentos; no sería la primera vez y de seguro encontrarías la forma de hacer sentir al especialista que él era el invasor en su propio espacio de trabajo.

El muchacho ya conocía tu metodología lo suficiente para saber que eras más implacable —o testarudo— que la tormenta que golpeaba con insistencia el tragaluz, haciendo titilar las lámparas blancas del techo.

Ante su ligero temblor, me enrosqué con ternura alrededor de los hombros del pobre chico para protegerlo y no precisamente de la temperatura de la habitación fúnebre. Sus ojos oscuros se clavaban en el bulto que acababas de poner sobre la larga mesa de disección, como si creyera que de un momento a otro fuera a moverse por sí solo.

Durante los meses que tenía trabajando contigo, él había visto cosas desagradables, pero aquello le provocaba unas náuseas inmensas, un miedo gélido que insistía en meterse bajo su piel.

Cuando te vio tomar con firmeza un bisturí y una pinza de la charola, para luego arquearte sin una pizca de repulsión hacia el pestilente objeto, Malen hizo todo lo posible por erguirse y mostrar un semblante tan profesional como el tuyo.

Tenías cuatro meses dándole largas sobre el puesto oficial de compañero, pero hasta el momento, no le importaba ser sólo tu asistente; podrías ser un cabrón de lo peor, pero eso no cambiaba el hecho de que sentía una admiración auténtica por ti, por tu afilada inteligencia y frialdad para resolver casos, cosa que no sabías si convertía a Malen en el hombre más santo de Nueva Orleans o en el más masoquista.

Sin más, clavaste el bisturí, pero en cuanto la navaja cortó el primer estambre, te enderezaste con el ceño fruncido.

—¿Jefe?

Cercenaste otra costura de aquel grueso hilo y lo jalaste con la pinza para traerlo frente a tus ojos. Una de tus cejas se levantó al comprender que no era hilo. Era cabello.

—Qué creativos —soltaste con ironía, para luego dejar el filamento a un lado y comenzar a cortar los otros—. ¿Sabes, Broussard? Durante años he confiscado *ngangas*,[2] sacado muñecos de ataúdes diminutos e, inclusive, he visto a gente venir

---

[2] Caldero perteneciente a un Tata o Padre de la religión Palo Mayombe.

a este mismo lugar a pedir el agua con la que lavan los cuerpos, y aun así estos hijos de puta nunca dejan de sorprenderme.

Aunque a Malen no le gustó el comentario despectivo, prefirió guardar silencio, convencido de que había cosas de las que no era su responsabilidad educarte. Por más morena que fuese tu piel, tal cual lo fue la de tu madre, seguías teniendo mucho de tu padre por dentro...

Sonreí con ironía al pensar en lo mucho que te habría "agradado" esa comparación.

El bulto se abrió como un estómago sobre la mesa y la peste brotó cual vísceras derramadas. Tu asistente se llevó el dorso de la mano a los labios y tú ladeaste la cabeza con decepción al ver que allí dentro había todo menos un cadáver.

Siete botellas pequeñas de licor, vacías y sin etiqueta, con navajas de afeitar y restos de chiles rojos en su interior, además de mamilas de hule a modo de tapa. El bulto también tenía tierra húmeda, colillas de habanos y unas monedas repartidas entre la suciedad, pero nada más.

Tomaste una y distinguiste el dibujo de una palmera grabada en una de sus caras.

—¿Un *gourde*? —susurró tu asistente.

—Dinero haitiano. Un clásico —espetaste, encerrando aquella moneda en tu palma enguantada.

Tomaste un puñado de bolsas de plástico y metiste un poco de todo lo que había en el bulto dentro de ellas, incluyendo uno de los grotescos biberones.

—Lleva estas muestras al laboratorio —ordenaste a Malen, alargándole los paquetes—. Quiero saber por qué demonios hieden a mierda. Y presiona a Alphonine para que se apresure en traer su trasero aquí. Necesito que eche un vistazo a todo esto.

Al ver que tu asistente no tomaba las bolsas, mirándolas como si estuviese hipnotizado, las estampaste en su pecho con brusquedad. El joven reaccionó como si le hubieras puesto un trozo de hielo sobre la piel.

Me causó una pena inmensa ver su gesto contrariado, pero no pude hacer mucho más que ayudarlo a sostener el peso de aquel temor entre sus manos. Yo sabía bien que, entre todas las personas de la ciudad, mi pobre Malen era el que menos merecía sentirse de esa manera.

Avergonzado por la severidad de tu mirada, dio la media vuelta y se marchó a paso veloz. Al verlo tropezar con la puerta, moviste la cabeza con lástima al saber que el chico había resultado supersticioso.

Pero el miedo no era lo que dolía en el pecho de Malen, sino la humillación; esa horrible sensación de saber que acabas de decepcionar a alguien que te importa demasiado.

No fui tras él porque sabía que tú me necesitabas aquí, pero decidí ayudarlo más tarde.

Cuando te volcaste hacia la mesa de autopsia, una severa voz a tus espaldas te hizo erguirte.

—Me pregunto si atormentar a sus asistentes es parte de algún ritual para evitar que lo echen de la policía, agente Hoffman. Y agradezca que Malen me parece un muchacho encantador, de otra manera, ni de broma traería aquí "mi trasero" para ayudarlo a usted.

Una mujer de poco menos de cincuenta años de edad, de mirada firme y piel tan oscura como la de Malen, apareció por el umbral de la morgue, cerrándose su saco azul con encono.

Tamborileaste los dedos sobre el metal. Alphonine era una de las pocas personas que no temían a tus desplantes, motivo por el cual preferías trabajar con ella que con cualquier otro inútil que sólo supiera decir que sí a cualquier cosa que saliera de tu boca, incluyendo los insultos.

La antropóloga estaba a punto de recriminarte de nuevo tu actitud, cuando el hedor que despedía el bulto sobre la mesa la hizo desestimar el incidente. Se acercó para asomarse sobre tu hombro.

Al mirar el artilugio, arrugó el entrecejo. Sacó un par de guantes de su bolsillo y tomó una de las botellas de ron para girarla entre sus manos.

Su expresión se tornaba cada vez más sombría a medida que observaba las monedas y examinaba la tierra con los dedos, y cuando decidiste que ya había manoseado demasiado la evidencia, soltaste un bufido.

—¿Y bien? ¿Qué quieren decir esos malditos biberones?

Ella dejó todo de vuelta en la mesa y te miró sobre sus gafas con severidad.

—Sabe muy bien que ni siquiera debería estar aquí sin una orden formal, detective.

—Perfecto. Te ordeno formalmente que me digas qué carajos significa este bulto.

Alphonine sintió deseos de dar media vuelta y marcharse, por lo que decidí rozar la mano que ella mantenía sobre la mesa para que volviera a mirar el monstruoso objeto. Aunque creo que igual no hubiese hecho falta.

Mi niña era demasiado lista para dejarlo pasar.

—Por los ingredientes, se trata de vudú —dijo, descartando el *conjure* o cualquier otro tipo de práctica—. Parece ser una ofrenda o un objeto hecho en honor a un Loa *Guédé*; un miembro de la familia de espíritus que rigen la muerte, para que usted me entienda.

—Me importa un rábano si lo hicieron para Santa Claus, lo que quiero saber es *para qué sirve.*

Ella se encogió de hombros.

—Es difícil descifrarlo si no sabemos primero quién lo creó —contestó, y al verte poner cara de fastidio, tomó aire y prosiguió con más paciencia de la que creía tenerte—: ya se lo he dicho antes, detective, el vudú es una monolatría práctica y libre, no una religión estricta con procedimientos y rituales rigurosos como el cristianismo. No tenemos textos sagrados ni credos que todos debamos de aceptar por igual, por lo cual, la función de los ingredientes seleccionados para un hechizo puede variar dependiendo de la intención del sacerdote o la sacerdotisa y sus métodos de trabajo. Para ellos es como estar en un laboratorio; experimentan y a veces hacen fórmulas con distintos elementos para conseguir los mismos resultados, y los artilugios creados son tan diversos que pueden ser tan únicos como su creador.

—¡Por favor! No me vengas a decir que esta porquería nada tiene que ver con todo lo que pasó en ese maldito lugar.

—Los biberones son una muestra innegable de que el artilugio estaba conectado con un infante y con un Loa de la muerte —confirmó—, pero pudo haber sido utilizado tanto para matar al niño que usted encontró en esa habitación como para protegerlo; los Guédé son señores de la muerte precisamente porque permiten o niegan el paso de las almas al otro lado, detective.

Soltaste una risa socarrona.

—Bueno, si este trozo de mierda era para protegerlo, a estas alturas ya sabemos que no funcionó.

El cruel comentario hizo a la mujer erguirse sobre la mesa. Aunque tenías razón y algo en los ingredientes de ese bulto no le acababa de convencer, tu actitud le parecía de lo más ofensiva.

—¿Y a usted qué más le da saber para qué sirve este artefacto? —dijo con el mismo tono que acababas de usar con ella—. No entiendo qué es lo que usted intenta ganar con todo esto.

—¿Cómo que qué quiero ganar? ¡Es mi jodido caso!

—A lo que me refiero es, ¿qué más da para qué pusieron ese objeto en la pared? El que haya encontrado eso dentro de la casa no lo conecta con la muerte de ese niño y, aun si fuera así, jamás podría usarlo en un juicio decente —insistió con agudeza—. La autopsia lo decía bien claro, detective: esa pobre criatura murió a causa de una exposición prolongada a los químicos de las drogas, y a la única persona a la que podía culparse por eso, usted le metió una bala en la frente.

Apretaste los puños.

—… esto apesta a cadáver… —soltaste entre dientes como último recurso.

—Pues a menos que hayan puesto un cuerpo en una trituradora para usarlo como fertilizante para esta tierra, ya no tiene ningún caso entre manos, detective.

Debo admitir que me sorprendió mucho comprobar que esa vez ya no tuviste con qué responder, porque dentro de la lógica humana, ella tenía razón. Cerraste la boca con firmeza y miraste hacia el bulto con una comisura apretada, comenzando a pensar que tal vez estabas cometiendo una estupidez, que estabas perdiendo el tiempo por una simple corazonada que al final, no te llevaría a ninguna parte.

Al verte perder esa energía tan agresiva que tanto te caracterizaba, la piadosa mujer suspiró.

—Es tarde, agente Hoffman —dijo—. Sólo le queda esperar por los resultados de laboratorio a ver si al final puede sacar algo de todo esto; trataré de ayudarle en lo posible, pero no le prometo hallar algo que le sirva. De momento, vaya a casa a dormir un poco y a lavarse ese brazo.

Al ver hacia donde el dedo de la antropóloga apuntaba, descubriste que los puntos de sutura que se te habían abierto dejaron una buena mancha de sangre en tu gabardina nueva. No habías sentido el dolor, pero al percatarte del desastre, éste empezó a calar.

—Ah, genial —resoplaste, pero al mirar hacia Alphonine para agregar algo más, descubriste que ella ya se había marchado del lugar, dejándote completamente solo con tu cadáver hecho de biberones.

✦ ✦ ✦ ✦

Fue la primera vez que, en años, dejaste que otra persona terminara la discusión, porque en vez de lanzarte detrás de la pobre mujer para gritarle hasta de lo que se iban a morir sus ya difuntos ancestros, saliste de la morgue y fuiste hasta la estación de policía, a tu cubículo, para tomar la carpeta azul del nuevo caso que habías dejado enfriar allí desde la mañana.

Sin darle explicaciones a Malen —quien, para empezar, ni siquiera estaba en la oficina—, te marchaste bajo la suave llovizna nocturna, la cual al menos te tuvo la suficiente compasión para dejarte llegar medio seco a casa. Pero cuando te estacionaste en la acera frente a la vivienda de dos pisos y miraste la madera oscura de tu puerta, te arrepentiste de inmediato de haber salido tan temprano del trabajo.

Llevabas más de diez años viviendo allí, pero odiabas ese lugar, y el tener un trabajo tan ocupado como el de detective al menos te daba la ventaja de utilizarlo únicamente para dormir de vez en cuando. Por eso, el peor castigo que te podía dar tu capitán no era rebajarte el salario, asignarte muebles de mierda en la oficina o cargarte con el doble de trabajo.

Era enviarte a casa a descansar.

Refunfuñando, bajaste de tu fiel automóvil y caminaste hacia tu porche con la carpeta azul bajo el brazo. Al subir por los escalones, notaste que había un recipiente de plástico colocado al pie de la puerta, envuelto con una colorida tela.

Miraste hacia la casa contigua, una construcción blanca de un solo piso y casi tan vieja como el inquilino que, en esos momentos, te saludaba a través de la ventana de su cocina con una dulce sonrisa.

Moviste la cabeza de un lado a otro y entraste a tu vivienda, pasando por encima del recipiente como solías hacer todas las noches en las que el anciano procuraba dejarte algo de comida caliente, angustiado por lo estresado que parecías todo el tiempo.

El gesto te irritaba sobremanera; nunca cruzabas palabra con el hombre, además de que no te sentías como un perro callejero para ameritar que la gente te diera sus sobras.

Cruzar el pasillo para llegar a la escalera te costó un poco de trabajo. Siete voluminosas bolsas de basura obstruían la entrada como una pila de rocas, esas bolsas que te prometías, semana tras semana, que sacarías en cuanto tuviera algo de tiempo para que se las llevara el camión recolector. Que para eso las dejabas junto a la entrada, aunque siempre encontrabas una buena excusa para olvidar hacerlo, aun cuando apenas diez metros separaran la acera y la puerta.

De reojo, viste la enorme cantidad de platos que había

dentro del lavabo de la cocina, pero de ésos no te preocupabas mucho. La mitad estaban limpios al igual que las pilas de ropa que te recibieron en el piso una vez que llegaste a tu habitación.

Al mirar el desastre, contemplaste la posibilidad de ponerte por fin a doblar todo, a lanzar lo sucio a la lavadora y acomodar cada prenda en el armario, pero estabas demasiado cansado.

Arrojaste la carpeta sobre la cama desarreglada y fuiste hacia el baño. Una a una, te quitaste las prendas hasta quedar desnudo, procurando colgar la gabardina de manera impecable en el perchero, junto a la que se había quemado con el amoníaco una semana atrás.

La mancha de sangre en la manga te hizo suspirar.

—Eras nueva, cabrona —le reclamaste para luego mirar la costura de tu bíceps en el espejo, nuevamente magullado.

Te dio igual y abriste la llave de la regadera; la herida sanaría a fin de cuentas y mañana comprarías una gabardina nueva de paso a la estación.

Eso requeriría menos trabajo que lavarla.

No pude evitar notar que, en todo el tiempo que esperaste a que el agua se calentara, en ningún momento te detuviste a mirar tu cuerpo más allá de la herida. A tus treinta y cuatro años de edad eras tan atlético como a tus veinte, con un rostro maduro y masculino, interesante a pesar de su aspecto de matón, pero eso no parecía importarte. No te interesaba el sexo —o las personas— lo suficiente como para poner de tu parte en buscarlo; te mantenías en forma porque tu físico era una herramienta que necesitabas mantener aceitada para ser eficiente en tu trabajo.

Para mantener tu cabeza ocupada y no desquiciarte un

día.

La terapeuta, esa mujer insufrible que el capitán te obligaba a ver una vez al mes para hacerte una evaluación reglamentaria, te dijo que tuvieras cuidado, que esa costumbre que habías desarrollado de comprar cosas nuevas en vez de limpiar las que ya tenías, poniendo excusas para no deshacerte de nada, era una bandera roja que debías vigilar.

Que se jodiera la desgraciada. Tu soledad era necesaria para tu carácter, tu trabajo, la única pareja demandante que necesitabas. No tenías tiempo ni deseos de preocuparte por nada más.

No tenías tiempo de sacar la basura o de podar el césped.

No tenías energías para lavar la ropa o la vajilla.

Lo único para lo que *deseabas* tener fuerza era para hacer tu trabajo de manera impecable, así que, después de darte una ducha prolongada —la higiene corporal era lo único que sí mantenías en regla, por ahora—, te pusiste un pantalón de pijama y te echaste sobre la cama para leer el informe del nuevo caso.

—Abel Aguillard —leíste, murmurando para ti mismo—. Treinta y ocho años, antecedentes de robo a mano armada. Posible actividad delictiva dentro de su hogar. Dos hijastras…

Soltaste un suspiro de aburrimiento y arrojaste la carpeta al suelo. Después de diez años en homicidios y dos en narcóticos, el anhelo de desenmascarar delincuentes comenzaba a disiparse.

Desviaste la mirada para observar la lluvia golpear contra esa ventana a la que ya le hacía falta una sacudida, cuando volviste a pensar en aquel bulto rojo sobre la mesa de autopsias; en ese chispazo de incertidumbre que te había dado la esperanza de que no estabas al borde de dejar de tener energías hasta para lo único que parecía dar sentido a tu vida. No. Tenías qué lograrlo. Debías continuar, aunque no te gustara, porque albergabas la esperanza de reencontrarte con el sentimiento que motivó a ese recluta de veintipocos años a darle su merecido a su padre y demostrarle que era mucho mejor que él, de una manera que jamás aprobaría.

Tu estómago rugió con fuerza, por lo que te levantaste una vez más para bajar hacia la cocina a buscar algo. Tu refrigerador estaba atiborrado de comida congelada y contenedores de poliestireno que hacía días que no tocabas, pero nada te apeteció.

Miraste hacia la entrada de tu casa por el rabillo del ojo. Apagaste todas las luces y, en completo silencio, fuiste hacia allá para abrir la puerta y tomar el recipiente de plástico.

Aún estaba tibio. Si lo comías, no tendrías necesidad de sacar lo que sea que hubieras dejado olvidado en el microondas en la mañana.

Pero al llegar a tu mesa, lo pensaste mejor y chasqueaste la lengua. Vaciaste la comida en el lavabo y pusiste el contenedor encima de la barra de granito, junto a los otros tantos y tantos recipientes de plástico que te prometiste, algún día, devolver al entrometido viejecillo que tenías por vecino.

CAPÍTULO 5
REEMPLAZO

Lo primero que encontraste en la mañana, al llegar a tu cubículo, fue a un sonriente Malen Broussard girando en tu silla destartalada, cargado de una energía tan abrumadora que sentiste el ardiente deseo de arrojarlo por la ventana. El cielo estaba gris como una ciénaga, y los azotes eléctricos de los truenos presagiaban que una buena tormenta estaba a punto de caer, ¿quién diablos podía estar de buen humor con un clima así?

—¿Qué demonios estás haciendo?

—Jefe, ¡no va a creer lo que encontré anoche!

El chico se levantó de súbito y se acercó a ti con la mirada brillante. Ignoró por completo tu mal humor y levantó una bolsa plástica frente a tus ojos.

Quedaste paralizado al ver que en su interior había un bulto de franela rojo, idéntico al encontrado ayer.

—Pero, ¿de dónde demonios sacaste eso? —exclamaste para luego tomar la bolsa, dejando caer al suelo la carpeta que traías bajo el brazo. Y cuando sentiste las botellas de vidrio chocar entre sí, junto con un poco de la peste cadavérica que logró colarse a través del plástico, tu incredulidad dio paso al asombro.

Malen se acomodó el cuello de la camisa, orgulloso, y luego se agachó para levantar el documento.

—Después de que me mandara a dejar las muestras en el laboratorio, pasé por el almacén de pruebas para recoger las fotos del caso de Aguillard —te dijo, agitando la carpeta y colocándola en el escritorio—, usted sabe, para adelantar el trabajo de hoy. Y no puedo explicarlo, jefe, sólo estaba haciendo lo mío cuando tuve una corazonada, como un llamado que me hizo avanzar hacia el fondo de los anaqueles y empezar a buscar *algo*, ¡casi di un grito cuando encontré esto metido en una caja!

Sonreí, más que por su emoción, por la forma en la que tu mirada se ablandó por unos instantes sobre el chico.

Apretaste los labios y te sentaste en tu silla, olvidando por completo el asunto de arrojarlo por la ventana, porque sabías que tenían enfrente algo gordo.

—Dime más, Broussard —pediste, sin tu usual acidez. Hiciste a un lado la carpeta del caso Aguillard y posaste el bulto plastificado sobre el escritorio.

Malen te alargó un puñado de papeles arrugados.

—Éstas son copias del archivo oficial del caso de este bulto nuevo —señaló—. Lo estuve leyendo anoche, ¡pero le juro que iba a llamarlo para informarle! Sólo que el teléfono de su casa no daba tono y...

Por supuesto que no entraría la llamada. El auricular estaba descolgado y enterrado en alguna parte de los muebles amontonados que tenías en la sala, no había manera de que alguien pudiera localizarte así.

—... con eso de que una vez me amenazó con hacerme tragar el escritorio si volvía a visitarlo sin avisar, yo...

Esta vez, preferiste poner una mala cara a contestarle con una grosería a tu asistente, algo muy educado proviniendo de ti. Malen cerró la boca y tú bajaste la mirada a los papeles para empezar a hojearlos.

—Ejem, como le iba diciendo —carraspeó—, este bulto estaba escondido en una residencia de...

—¿Lakewood? —interrumpiste con una de las hojas en la mano. El chico asintió, entendiendo tu desconcierto.

Aquélla era una de las zonas más adineradas de la ciudad, por lo tanto, resultaba difícil creer que dos objetos de la misma naturaleza hubiesen sido sepultados en lugares tan abismalmente distintos, aun cuando en Nueva Orleans a veces sólo hacía falta cruzar una autopista o un brazo del Mississippi para ir de un barrio adinerado a uno empobrecido.

Malen te contó que el bulto había sido encontrado en el sótano de la propiedad durante un registro, ya que la dueña de la casa, una exitosa conductora de televisión, había sido arrestada por un fraude fiscal calculado en más de siete millones de dólares.

Recordabas bien el escándalo, una tragedia que escaló hasta terminar de la peor manera. Primero, el esposo había pedido el divorcio justo en el pináculo de la carrera de su mujer, algo que alimentó a los chismosos durante un buen par de meses y más cuando, después de ser declarada culpable, ella fuera asesinada por su compañera de celda.

—¿En qué parte del sótano estaba? —preguntaste.

—Dentro de un escalón —contestó Malen—. Según el informe, uno de los oficiales tropezó con un tablón suelto.

—¿Algún niño fue víctima de todo esto?

—No. El matrimonio no tenía hijos.

Murmuraste un "ya". La inconsistencia respecto al caso del traficante no te desanimó, puesto que Alphonine lo había dicho muy claramente: los artilugios vudú podían ser tan únicos como su creador, así que las posibilidades de que la semejanza entre este bulto nuevo y el de la casa del traficante fuese una coincidencia eran escasas. *Debía* tratarse de la misma persona. Sólo tenías qué encontrar la conexión.

Te reclinaste en tu silla, y los deseos de fumar un buen cigarrillo te asaltaron. Había muy pocas piezas del rompecabezas, pero con sólo esto, una flor de entusiasmo nació dentro de ti, una sensación de pertenencia que no habías experimentado desde hacía un buen tiempo; ya te daba igual si lo que viste en ese niño fue una alucinación o no, tenías un caso fascinante delante de ti.

De nuevo, ese trabajo al que dedicabas todo volvía a tener sentido. Gracias a tu asistente.

De pronto, te sentiste extraño. La palabra "gracias" por fin comenzó a gorgotear en tu garganta, pugnando por salir; ya habían transcurrido bastantes años desde la última vez que la pronunciaste.

Fue una lástima que un grito te hiciera mirar a tus espaldas.

—¡Hoffman!

El capitán de tu unidad te llamó desde la puerta de su oficina con las manos en la cintura y cara de agotamiento, ésa que siempre ponía al saber que se estaba a punto de librar una batalla campal contra ti.

Habías trabajado para él en la división de investigación criminal, sección homicidios, desde el primer día en el que te ascendieron a detective, y casualmente, "el muy cabrón" solicitó el mando de narcóticos en la división de investigaciones especiales justo cuando tú te cambiaste a ese departamento.

Lo peor es que el superintendente ni siquiera se lo pensó dos veces para darle el cargo, lo que te dejó con la sensación de que, más que verlo como un hombre con el que podías trabajar, lo consideraban tu niñero.

Entornaste los ojos y te pusiste de pie. En cuanto entraste en la oficina, tu superior señaló uno de los dos asientos de piel negra frente a su escritorio. Al colocarte en el cómodo cojín, sonreíste por dentro con ironía al pensar que hasta los visitantes ponían su trasero en sillas más elegantes que la tuya.

El hombre tomó aire y, con esfuerzo, sonrió.

—¿Qué tal estás, muchacho?

La palabra chirrió en tus oídos. No tenías años partiéndote el lomo contra la peor escoria de Nueva Orleans para que ese hombre te siguiera tratando como si aún fueses el mismo chico impulsivo y mucho menos disciplinado que conoció años atrás.

Además, si nunca buscaste una figura paterna en casa, menos lo harías en aquella maldita estación de policía.

—Bien, perdiendo el tiempo, como siempre —dijiste, cruzándote de brazos y poniendo tu mejor cara de hartazgo.

—Ya, igual me imagino que comenzaste con el caso Aguillard, ¿cierto? —especuló el hombre con infinita paciencia, acostumbrado a tu terrible incapacidad de comunicarte como una persona normal.

Te balanceaste en la silla.

—Estoy en eso.

—Si estás en eso entonces no deberías estar *aquí*, sino en el vecindario del sospechoso haciendo trabajo de investigación, ¿no? Es un caso delicado, Hoffman, dicen los rumores que Aguillard usa a su esposa y a sus hijastras para probar mercancía, así que, si yo fuera tú, le echaría un ojo encima, pronto.

Aguantaste el deseo de mandarlo al diablo, sobre todo porque no te convenía decirle que todavía estabas escarbando en el caso del traficante infanticida y todo por una corazonada sobre unos artilugios vudú.

No soportarías que te mandara a casa otra vez.

—Sólo me detuve un poco porque mi asistente quería mostrarme algo, Howard. Eso es todo.

Error. El capitán de tu distrito sabía que llamarlo por su nombre era sólo una de tus formas de apelar al afecto que sentía por ti para lograr lo que querías, aunque en el fondo odiaras la idea de que te vieran como un perrito lastimado que sólo ladraba para protegerse.

Tu superior recargó la cien en uno de sus dedos y miró desde el cristal de su oficina hacia tu asistente, quien justo volvía para poner una taza de café sobre tu escritorio.

—Qué bueno que lo mencionas, porque justamente de eso quiero hablarte.

En cuanto dijo esas palabras, un mal presentimiento te hizo bajar los brazos. Miraste también hacia el chico.

—Vaya al grano, *capitán*.

Al ver que ponías las cosas de esa manera, su semblante se endureció.

—¿Cuánto tiempo tiene Malen Broussard trabajando para ti, Hoffman?

—Seis meses.

—Su esposa me dijo esta mañana que ya eran ocho —tu entrecejo se arrugó.

—¿Malen tiene mujer?

—Dios mío, llevas más de medio año trabajando con él y no tienes idea de quién es más allá de lo que hace dentro de esta oficina, ¡hace un maldito mes viniste a preguntarme su edad! Y sí. Tu asistente está casado.

—¿Y qué si no lo sabía? No necesito involucrarme en la maldita vida de Broussard para que me sea útil.

—¡Ése es el jodido problema, Salvador! —exclamó, estrellando su puño en el escritorio—. El chico ha sabido aguantar tus desplantes, pero sigue sin ganarse el respeto suficiente para que le des un puesto estable como tu compañero. Ese muchacho tiene familia, ¡necesita estabilidad, entrar en la nómina para conseguir un seguro y no lo está consiguiendo contigo! No lo traje desde la academia para que te preparara el café en las mañanas.

—¡Yo no le pedí que lo hiciera!

—Y aun así lo sigues tratando como tu maldito secretario en vez de enseñarle lo que se necesita para estar a la altura de este trabajo —replicó, enrojecido—. Quiero detectives eficaces, Hoffman, agentes más listos que el puto diablo dispuestos a dejarse la piel por cumplir su deber. ¡Quiero más gente como tú, maldita sea!

Los gritos de tu superior fueron tan sonoros que, de pronto, tenías todas las cabezas de la estación virando hacia la oficina. El capitán se levantó y cerró las persianas con un fuerte jalón.

—¿Y qué hará al respecto, eh? —gruñiste, indispuesto a dejarte amedrentar—, ¿dejarme trabajar solo, como siempre he querido?

El hombre se limpió el sudor con un pañuelo de su bolsillo y sonrió.

—Estás loco si crees que voy a ceder a tus caprichos, eso sólo demostraría tu incapacidad de avanzar y la mía de ponerte en tu sitio, así que no. No trabajarás solo. Voy a reemplazar a Broussard.

Te incorporaste tan rápido que la costosa silla de piel sucumbió ante el empujón.

—¡Hoffman! ¡¿Pero quién carajos te crees para...?!

Tres golpes pesados resonaron sobre la puerta de la oficina. Tres golpes que te hicieron mirar a tu superior con incredulidad. El hombre cerró la boca, respiró profundo y se sentó detrás de su escritorio una vez más, recuperando la compostura.

—Pasa, muchacho —ordenó lo más tranquilo que pudo.

La puerta se abrió despacio y unos ojos indómitos observaron la habitación.

Recuerdo muy bien que la presencia de ese chico retumbó con más fuerza que el trueno que acababa de romper contra el cielo. Mi cuerpo tomó forma de ese por instinto, porque hacía mucho tiempo que no estaba tan cerca de uno de *ellos*.

Todas las alarmas se encendieron en tu cabeza.

—Hoffman, te presento a tu nuevo compañero —dijo tu superior con una sonrisa orgullosa—. Su nombre es Tared Miller.

CAPÍTULO 6
DEPREDADOR

En cuanto aquel hombre asomó por el umbral, tu primera reacción fue entornar los ojos y ponerte de inmediato a la defensiva, como si un animal peligroso acabara de entrar en la oficina.

El chico era joven, incluso más que Malen, pero aun así imponía bastante. Era muy alto, con músculos bien marcados bajo su camisa oscura de recluta que compensaban su estatura en una armonía fuerte, amedrentadora... sin embargo, su apariencia no te intimidaba. Habías derribado a tipos que te sacaban una cabeza de estatura y al menos cuarenta kilos, por lo que ese niño bonito no supondría un problema si se le ocurría meterse en tu camino.

Me pareció muy curioso el hecho de que no habías cruzado palabra todavía con Tared Miller y ya estabas pensando en cómo echarlo por tierra, como si su presencia resultara una amenaza para ti.

Aunque, más allá de la dureza de su aspecto y tu evidente repulsión hacia él, me parecía que algo en ese hombre exudaba cansancio. No sé si eran las ligeras marcas violetas bajo sus ojos, el par de arrugas que tenía ya a sus escasos veintiún años o la forma en la que su mirada azul insistía en quedarse fija en las baldosas del piso. Podía sentir una esencia salvaje dentro de él y aunque no estaba seguro del porqué, el chico parecía agotado, como un atlante encadenado a un peso angustiante e invisible sobre sus hombros.

No me extrañó. Los de su clase solían padecer de un exceso de pasado.

Fue muy interesante ver cómo los vellos de tu espalda se erizaron cuando el capitán le indicó a Tared Miller que se acercara. El joven avanzó, y antes de colocarse frente al escritorio, levantó la silla que habías derribado y la colocó en su lugar. Se irguió a tu lado y se cruzó de brazos sin mirarte una sola vez.

—Fantástico. Un lamebotas —murmuraste.

Aunque el chico ni siquiera parpadeó por el comentario mordaz, sí que pudiste percibir cómo las venas de sus brazos se engrosaron ligeramente.

—Muchacho, éste es Salvador Hoffman, el hombre de quien te hablé la semana pasada —dijo tu superior al sentir la tensión—. Es un gran cabrón, pero también nuestro mejor agente, y no por nada lo ascendimos a rango de detective a tan sólo un año de haber entrado al departamento. Quiero que empieces a trabajar con él.

—Va a trabajar con él su puta madre, capitán.

El hombre alzó ambas cejas, incapaz de creer cómo siempre te las arreglabas para largar un comentario más horrendo que el anterior.

—No te lo estoy preguntando, Salvador, es una orden —dijo, demasiado cansado para volver a alzar la voz—. Además, Miller es uno de los cadetes más sorprendentes que hemos tenido en la academia, hace mucho que no veía un talento así desde el tuyo y creo que te vendría de maravilla tenerlo como compañero.

—Ya te dije que no quiero un jodido reemplazo.

—Con esa actitud de mierda, tal vez a quien deberían reemplazar es a usted.

Un silencio helado se creó en la oficina después de que el joven a tu lado hubiese pronunciado semejantes palabras. Tu capitán abrió los ojos de par en par y casi pude escuchar el *"oh, no"* que cruzó por su cabeza.

Giraste despacio hacia el muchacho.

—Oh, pero qué acento tan encantador, tan... *campesino* —el sarcasmo te salió como veneno—. ¿Dakota?

El chico sonrió sin simpatía.

—Minnesota.

—¿Minnesota? *Puf* —una risa ácida se formó sobre tus labios—. ¿Sabes dónde estás parado, niño? Esto es Luisiana, un estado con una tasa criminal que haría orinarse en los pantalones al más matón de tu barrio. Aquí se necesita más que un montón de músculos para sacar el trabajo adelante.

—¿También es requisito ser insoportable?

—En realidad hay que saber cuándo cerrar la puta boca.

—Veo que no sigue sus consejos, detective.

El calor de la oficina se concentró. El capitán aguantó la respiración al verte sonreír y dar un paso hacia Miller; la angustia de no saber si traías o no tu pistola encima le hizo sudar, no tanto porque le fueras a meter un tiro en la cabeza al muchacho, sino porque bien podrías usar la culata para tratar de romperle la mandíbula de un golpe... y algo le decía que el novato no bajaría la cabeza para pedir disculpas.

En cambio, a mí la escena me pareció de lo más fascinante. Era como ver a un cazador alzar un hacha frente a un lobo, siendo ambos tan letales que una provocación más y aquello podría terminar en un baño de sangre; el rechazo que parecían sentir el uno por el otro era tan intenso, tan repentino, que me pregunté si no se habrían conocido ya en vidas pasadas.

El joven Miller fue el primero en hablar.

—Capitán, agradezco mucho la consideración —dijo, virando hacia el hombre—, pero como le dije alguna vez, no creo que asistente de detective sea lo que esté buscando.

—¿Y qué es exactamente lo que está buscando el gran chico prodigio, si se puede saber? —preguntaste con sorna y estoy seguro de que, si hubiese tenido un par de años más de experiencia, si te hubiese conocido como lo hace hoy en día, Tared Miller habría sido lo bastante prudente para no contestar.

Lástima que no fue así.

—Prefiero las calles —dijo con simpleza, dirigiéndose más al capitán que a ti—. Un trabajo que tenga menos qué ver con un escritorio y más con mirar a los criminales de frente.

Tu sonrisa se ensanchó.

—Vaya, vaya, Howard —soltaste, alzando las manos—, sé que te encantaría escucharme decir que por fin me has traído a alguien que vale la pena. A una persona con las suficientes pelotas para ponerse a mi altura y dejarme con la boca cerrada. Pero no, no lo voy a hacer porque *conozco a los de su calaña*.

Miller regresó sus ojos helados hacia ti y el dedo con el que lo habías apuntado. Tú, en cambio, observaste con satisfacción que las venas de sus brazos habían vuelto a engrosarse. El doble de anchas que la primera vez.

Lo miraste de arriba abajo de una manera que lo hizo arrugar la nariz.

—Un chico del norte y del campo —dijiste, metiendo las manos en los bolsillos—. O del bosque, si lo prefieres, con "os" bien abiertas en el acento y la piel quemada por el reflejo de la nieve, en señal de que pasabas mucho tiempo en el exterior. Eres reservado, pero no por timidez, sino porque *no soportas a la gente*. Pero oye, ¡en eso sí que te comprendo!

—Hoffman...

Ignoraste la advertencia. El chico se descruzó de brazos y su boca se tensó, cosa que te motivó a sostener tu barbilla y continuar, como si estuvieses analizando uno de tus tantos casos.

—De ancestros cristianos, sí, aunque progresista —continuaste—. Es decir, te insulté por tu acento y tú bien pudiste haberme llamado *beaner*[3] o algo por el estilo, pero preferiste apelar a mi mal carácter. Ja, ¡un punto a su favor, capitán! Si este chico alguna vez mata a alguien le aseguro que no será por un crimen de odio, sino simple y sencillamente porque es un redomado cabrón.

—¿Cuál es tu maldito problema, estúpido infeliz?

—¡Miller!

La forma en la que tu superior exclamó el nombre del chico te satisfizo. Era una señal de que nunca lo había visto tomar semejante actitud. La forma en la que sus puños rojos bajaron a sus costados te hizo acercarte lo suficiente para quedar a sólo un palmo de distancia.

Tu instinto te decía que él no era lo que parecía. Que esa imagen formal y calmada era una fachada que escondía muchísima ira. Pero ¿por qué?

—Dime, ¿qué hace que un niño bueno como tú huya miles de kilómetros de casa para meterse en una de las cloacas

---

[3] "Frijolero." Término despectivo aplicado en Estados Unidos a los migrantes latinos, especialmente a los mexicanos.

más podridas del país? —preguntaste—. *¿De qué estás huyendo?*

Esa vez no fue el joven novato quien delató con su actitud que habías dado en el clavo, sino la tensión en los hombros de tu capitán.

Bien decían en la comisaría que eras el mismo diablo, no por tu personalidad infernal, sino porque sólo te bastaba permanecer con una persona en la misma habitación por cinco minutos para saber por dónde empezar a quebrarla.

Con justa razón te echaban tanto de menos en homicidios.

—Mi pasado no es asunto suyo, *detective* —murmuró el joven con los dientes apretados.

—Por supuesto que es asunto mío. Están tratando de meterte a mis filas, así que agarra ese enorme par de huevos que pareces tener y dime: ¿Qué carajos hiciste, Tared Miller, que estás tan enojado? *¿A quién le jodiste tanto la vida que tuviste qué abandonar la tuya, maldito animal?*

Ni siquiera tú fuiste capaz de verlo venir.

En menos de un segundo, tu espalda azotó en una de las paredes de la oficina y la hizo sacudirse entera. El aire de tus pulmones escapó, y antes de que pudieras impedirlo, un antebrazo ya te apretaba la garganta contra el muro.

—¡MILLER, BASTA! —el capitán, horrorizado, se levantó y corrió hacia ustedes para intentar detener al joven que te sostenía de forma letal contra el concreto. Tanto Howard como tú sabían que un poco de presión de más sobre tu tráquea, un error propio de alguien que tal vez no sabía medir su fuerza, y podrías despedirte de este mundo.

Tu capitán intentó jalar el brazo del joven, pero fue como si tirara de una pesada roca.

—Cadete, por favor… —susurró, pero el chico no se movió ni un milímetro.

Tú, en cambio, fuiste invadido por la humillación. Aunque doliera, debías admitir que Miller no sólo era fuerte como un toro, sino también lo bastante rápido como para no haberte dado oportunidad de defenderte.

Y entonces, algo aún más sorprendente sucedió: un temor desconocido trepó por todo tu cuerpo cuando aquel chico *gruñó*. Fue un sonido tan bajo que pudiste percibirlo sólo porque lo tenías muy cerca, pero estabas seguro de que aquello había sido más animalesco que humano, como si una bestia estuviese a punto de arrancarte el cogote de un mordisco.

Demoraste varios segundos en reaccionar.

—Ya decía yo que tú no venías aquí por maldita vocación —susurraste con el poco aire que podías jalar—. Vienes a ver a quién puedes partir en dos para sacar la frustración que tienes dentro.

—Mira quién lo dice —replicó con la respiración agitada por la adrenalina—, un hombre con una boca tan grande, tan incapaz de tratar sus propios traumas que necesita proyectarlos en los demás. He escuchado mucho de ti, Hoffman, y me parece muy curioso que quieras saber a quién le jodí yo la vida, cuando yo no puedo dejar de preguntarme quién te la arruinó a ti, tanto para que terminaras siendo el saco de mierda que sostengo ahora mismo.

Un *clic* silenció de pronto la habitación. Tared Miller apretó los labios al sentir cómo la boquilla de tu pistola se enterraba en medio de sus costillas.

—¡Dios santo, Salvador! —exclamó tu jefe, soltando al joven y echándose hacia atrás—, ¡cálmate!

—Tendré una gran boca, Miller —dijiste, ignorando a tu superior—, pero al menos no soy un hipócrita ni usurpo un trabajo honrado sólo para decir con los puños lo que no me atrevo a soltar con la lengua. *Yo no tengo nada que esconder.* La expresión del joven cambió. De pronto, toda esa ira, así como la fuerza de su antebrazo contra tu garganta, menguó, como si hubiera despertado de un sueño. Te soltó y tú apartaste la pistola de su costado.

Tu temor se convirtió en desprecio, tal cual solían hacer todas esas emociones a las que no te gustaba enfrentarte.

El chico retrocedió, dio media vuelta y se marchó de la oficina, dejando la puerta abierta a sus espaldas. Percibiéndolo como una victoria a medias, te acomodaste la gabardina y miraste hacia tu superior, quien a estas alturas ya estaba empapado en sudor.

—Hoffman, ¿qué...? —susurró él, sin palabras coherentes.

—Míralo como un favor, Howard —contestaste con frialdad, como si nada de lo que acababa de pasar te hubiese afectado—. Te acabo de mostrar que el chico tiene un problema de autocontrol. Imagina si lo hubieras mandado a la calle a enfrentar bravucones, o peor aún, ¡a interrogar sospechosos! Está muy verde todavía, y yo no he hecho otra cosa más que demostrártelo.

—¡Ésa no es la manera de hacer las cosas, por Dios! —exclamó.

—Es *mí manera,* si es que quieres que alguien trabaje para mí. No necesito a mi lado a una maldita bestia encadenada para que un buen día se suelte de la correa y cometa una estupidez. No me apetece responsabilizarme de eso.

Howard parpadeó, incrédulo, por largos segundos. Después, volvió a su silla y se sentó; un deseo descomunal de arrancarte la placa y despedirte allí mismo lo invadió, pero optó por respirar profundo.

No era la primera vez que hacías algo como esto. Año tras año te encargabas de darle los mismos dolores de cabeza, pero jamás habías puesto en peligro un caso o siquiera la vida de alguien a pesar de tu terrible actitud, así que debajo de todo tu cuestionable método, tendías a tener la razón.

Una vez más, tu capitán no tuvo elección.

—Tú ganas, Hoffman —dijo—. Dile a Broussard que prepare sus cosas. En tres semanas estará fuera.

Echaste la cabeza hacia atrás, sin comprender.

—¿Qué?

—Escuchaste bien, muchacho —respondió, exhausto—. Todos estos años he intentado hacerte cambiar de actitud, mejorar ese lado tuyo tan terrible y enseñarte un poco de empatía, pero por fin me hiciste entender que lo único que he logrado es obligarte a dañar a otras personas para demostrarme que estaba equivocado. Así que, sí. Tú ganas.

En vez de un profundo alivio al escuchar algo que habías esperado por tanto tiempo, te sentiste dividido y no pudiste sonreír. Por un lado, estaba la oportunidad de trabajar solo, pero por el otro…

Miraste a través de las rendijas de la persiana para ver si podías distinguir a tu asistente, pero te fue imposible. Pensaste en su entusiasmo, en su infinita paciencia y la irritante admiración que sentía por ti. Terminaste por suspirar.

Bien. De todas maneras, pensabas que el chico estaría mucho mejor en cualquier sitio que sufriendo a tu lado, ¿verdad?

—¿Adónde va a transferirlo? —preguntaste, resignado.

—¿Transferirlo? Voy a despedirlo, Hoffman.

Tu corazón se detuvo de pronto.

—¿Despedirlo? —murmuraste, incrédulo—, ¡pero…!

—Dijiste que no tenías necesidad de responsabilizarte por Miller, y tienes razón —afirmó tu jefe con una frialdad propia de ti—. Pero de lo que sí debes empezar a responsabilizarte es de la forma en la que tus acciones afectan a las personas que te rodean. Ya es momento de que madures, Hoffman.

Las palabras del hombre te cayeron como un balde de agua helada.

—¡Debe estar bromeando! —exclamaste—, ¡¿acaso va a castigar a Broussard para darme una lección?!

El hombre se reclinó en su silla y cruzó las manos sobre su vientre.

—No eres el único que puede ser un cabrón aquí, Salvador —contestó—.Nunca lo olvides.

Por largos segundos, no supiste que hacer, así que permaneciste esperando a que el hombre te dijera que todo era una broma, pero aquello no sucedió.

Azotaste tan fuerte la puerta de la oficina al salir que la bisagra superior cedió con un rechinido. Cruzaste la comisaría dando grandes zancadas, haciendo caso omiso a los gritos de tu asistente. Saliste a la tormenta, hacia tu coche, dispuesto a dar por terminado tu día y volver a casa, por mucho que la odiaras.

Ese día pudiste haberte quedado a luchar, a defender a Malen Broussard y tratar de rescatarlo de la terrible situación en la que lo habías metido, pero no lo hiciste porque rogarle a tu superior no era la manera en la que *tú* resolvías los problemas.

Al sentarte en tu auto, apretaste el volante con todas tus fuerzas; no ibas a dejar las cosas así.

Tres semanas. Veintiún días para resolver uno de los misterios más intrigantes que habías visto en años y de paso, darle todo el crédito a tu asistente con la esperanza de poder mantenerlo no sólo en el departamento de policía, sino a tu lado. Porque te gustara admitirlo o no, Malen no era sólo el fastidioso chico que te llevaba el café por las mañanas. Era alguien en quien confiabas, y eso era algo aún más difícil de obtener que resolver cualquiera de tus casos.

El capitán dijo que necesitaba a más gente como tú, pero ignoraba que Malen, con toda seguridad, podría volverse alguien mucho mejor.

Y estabas dispuesto a demostrárselo.

CAPÍTULO 7
NEGLIGENCIA

Cuando los análisis del bulto que encontraste en el laboratorio clandestino te llegaron en un sobre cerrado, te pareció muy curioso descubrir que el cabello usado como hilo no pertenecía sólo a una persona. Además, el estudio químico determinaba que no había rastros humanos en la tierra ni en los biberones. Y aunque sí encontraron sangre de gallina en algunas partes de la tela, la cantidad era tan insignificante que no podía justificar la intensa peste a cadáver que desprendía… lo que significaba que tampoco podía justificar la de los dos bultos nuevos que tenías frente a ti, alineados en la mesa metálica del depósito de pruebas de tu comisaría.

Habías dado con ellos gracias a una exhaustiva búsqueda en las otras estaciones de policía de la ciudad, después de montones de llamadas y unos cuantos favores. Los agentes de otros distritos por lo general eran muy recelosos con sus casos y no les gustaba compartir información, pero nadie era lo bastante estúpido para negarse a la promesa de tu ayuda en el futuro.

Te llevaste una mano enguantada a la cintura y le echaste un ojo a los informes de cada caso, alineados junto a su respectivo saco de biberones. Y cuando tu asistente entró al depósito con un tercer bulto más entre las manos, no entendías cómo es que algo así hubiese pasado completamente desapercibido por el sistema policiaco de toda Nueva Orleans.

Cinco bultos en total. Cinco artilugios vudú con las mismas características aparecidos en escenas del crimen demasiado similares.

Malen colocó el tributo junto a los otros dos; los bisturíes que habías traído para abrirlos y el rojo sanguinolento de las franelas te hacían sentir como si estuvieras frente a una mesa de disección y aquellos fuesen órganos listos para ser examinados.

—¿Qué hay de éste, Broussard? —preguntaste, apuntando con la barbilla al que acababa de traer.

—St. Claude —contestó, para luego pasarse un pañuelo por la frente—. La mujer que tenía esto dentro de la chimenea de su casa tenía una relación difícil con su marido, pero no contaba con antecedentes criminales, ni siquiera estaba involucrada en asuntos turbios. Nada de robos, ni asaltos, ni fraudes hasta que...

—¿Hasta qué? —exigiste ante la pausa de tu asistente, quien tragó saliva antes de contestar.

—Hasta que asfixió a su hijo mientras dormía.

Malen te alargó un resumen de los datos que le habías pedido acerca del caso. Al terminar de leer las copias por encima, soltaste un silbido.

—Míralo de esta forma, Broussard. Al menos no preparó una sopa con él.

Un escalofrío recorrió la espalda de tu asistente al recordar el caso de otro de los bultos: un anciano de Audubon Park, al bañar a su nieta de pocos meses, la metió entera a una tina de agua ardiente, matándola por quemaduras de tercer grado. Según el reporte, los abogados habían alegado un accidente por demencia senil, sin embargo el juicio no resultó en sentencia porque el anciano terminó colgándose en la elegante sala de su casa.

El caso restante era menos siniestro, pero igual de trágico, tanto, que me estremecí al recordar el día en el que sucedió: una adolescente había dejado caer desde el balcón de un tercer piso a su hermana pequeña mientras intentaba mostrarle las carrozas del desfile del *Mardi Gras*. La bebé se partió la cabeza y murió instantáneamente ante los gritos de los asistentes.

Te alejaste para arrastrar un gran pizarrón blanco delante de la mesa. En él habías anotado, en cinco columnas, datos básicos de cada caso: las causas de la muerte de los infantes, las fechas de los incidentes y el familiar que había cometido la negligencia.

Escribiste con marcador azul la información del bulto nuevo y retrocediste para ver el panorama completo, como si fuese una pintura a la que apenas estuvieras dando forma.

—Broussard, ¿por qué no vimos este patrón en tantos eventos similares? —preguntaste, sin dejar de observar el pizarrón. Ya tenías la respuesta en tu cabeza, pero querías asegurarte de que tu asistente también.

—Por las fechas de los incidentes —acertó—. El caso del primer bulto sucedió hace doce años —dijo, apuntando hacia la columna de la mujer que había asfixiado a su hijo—. El del anciano hace diez, el de la mujer de la cadena de televisión hace cinco y el caso de las hermanas hace tres.

—Perfecto —dijiste—. ¿Y qué tienen en común todos estos infanticidios, además de que fueron familiares cercanos quienes los cometieron?

Esta pregunta fue más difícil. Ya le habías explicado con anterioridad que no se trataba de la etnia ni de la condición social, por lo que un momento después, respondió:

—Que todos los que cometieron la negligencia están muertos.

Con un marcador rojo pusiste una cruz al lado de los homicidas, porque ciertamente, todos habían fallecido poco después que sus víctimas, ya fuera por suicidio, accidente, sobredosis o a manos de otra persona.

La imagen de aquel traficante, con su sangre embarrada contra la puerta, casi te atormentó. Todavía no podías explicar por qué las muertes de los infanticidas eran tan coincidentes, pero sospechabas que llegando al origen del problema lo descubrirías.

Ojalá hubiese podido hacerte las cosas más fáciles entonces, pero cuando se trataba de humanos, hasta yo tenía límites que no podía cruzar.

Malen miró con fijeza la columna de la mujer de la cadena de televisión.

—Pero, jefe, si todo esto es cierto, entonces, este perfil no encaja —dijo—. Ella no tenía hijos.

—No tenía hijos *nacidos*, Malen.

Te acercaste al expediente del bulto correspondiente a aquella mujer y le extendiste una hoja que sacaste de entre los papeles. El chico alzó ambas cejas al ver que se trataba del reporte de un hospital, algo que tú habías conseguido por vías extraoficiales.

—Dios mío, ¡estaba embarazada! —dijo, sorprendido al leer las primeras líneas—. ¿Un aborto?

—Uy, ¡mucho *mejor* que eso, Malen! —una sonrisa irónica se formó en tus labios—. Con algunos meses de embarazo, nuestra estrella comenzó a fumar tantas cajetillas de cigarros al día que el feto murió en cuestión de un par de semanas. Lo divertido es que ella llevó el embarazo hasta el final y, cuando

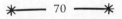

le sacaron al mortinato, alegó que no tenía idea de lo que había pasado. Como nada de esto salió a la luz pública, me imagino que su dinero la salvó de sufrir consecuencias legales, aunque creo que no puedo decir lo mismo de su matrimonio.

Malen ni siquiera se molestó en preguntarte cómo rayos habías obtenido esa información, así que sólo bajó el papel y apretó los labios presa de la ansiedad.

—Santo cielo...

—¿Lo ves, Broussard? —la satisfacción te puso la piel de gallina—. Esto ya no es sólo una maldita coincidencia. Aquí hay una red de infanticidios ligados a estos bultos que tenemos que resolver.

Malen observó los artilugios y tragó sonoramente.

—Ya decía yo que me recordaban algo, jefe. Si lo ve de cierta manera, parecen bebés en posición fetal.

Ladeaste la cabeza y volviste la mirada hacia los artilugios. Tu asistente tenía razón.

Ambos se colocaron el equipo necesario y tomaron los bisturíes para empezar a abrir los bultos con cuidado, intentando no cortar demasiados filamentos. Una vez que terminaron, te diste cuenta que todos tenían los mismos elementos: las siete botellas de licor con mamilas a modo de tapón, los restos de habanos, los chiles, las navajas de afeitar, las monedas... con la diferencia de que no todos los biberones del bulto de las hermanas y el de la mujer de la televisión estaban vacíos.

En el primero, cuatro de ellos estaban hasta el borde con un líquido ámbar en el que los chiles y las cuchillas flotaban. En el segundo, absolutamente todas estaban llenas.

Tomaste uno de los biberones y acercaste la nariz con cuidado a la mamila. Tu semblante se torció.

—Ron —susurraste, para luego regresar la botella al bulto y cruzarte de brazos—. De acuerdo, Broussard. Mi primera teoría es que quien sea que puso esos bultos allí forzó a todas estas personas a matar a los niños, así que necesitamos encontrar a esa bastarda antes de que siga haciendo de las suyas.

—Espere, ¿dijo bastarda? ¿Cómo sabe que es una mujer?

Levantaste la mirada hacia tu asistente, pero no dijiste más. El joven iba a insistir por una respuesta, pero al final optó por bajar la barbilla al suelo para pensar. Momentos después, miró hacia el reporte de laboratorio, aquél donde estaban los análisis del cabello en el bulto del traficante.

Alargó el brazo y hojeó las páginas hasta encontrar la respuesta a la pregunta que él mismo te había hecho.

—El hilo —murmuró, impresionado—. El estudio tricológico concluyó que había dos tipos distintos de cabello. Uno era del traficante, y el otro... de una mujer.

Sonreíste sin ironía. Luego, te acercaste al pizarrón y colocaste una sexta columna para titularla "perfil de la sospechosa".

—Efectivamente —anotaste los datos en la superficie—. El bulbo piloso también reveló que es afroamericana, de entre cincuenta y cincuenta y cinco años de edad y cuya huella genética no coincide con la del niño, lo que significa que no era la madre. Además, eso nos dice que cuenta con buena experiencia en el campo. Es decir, ya tiene más de una década dedicándose a esta mierda.

—¿Cómo está tan seguro de que...?

—Llamé a Alphonine —cortaste—, y después de soportar una interesantísima cátedra que no le pedí sobre el vínculo entre un practicante de vudú de Nueva Orleans y sus artilugios, me dijo que era más que probable que ese cabello perteneciera a la loca que preparó los bultos.

Malen se aflojó la corbata.

—Jefe, ahora que tenemos un patrón y un perfil de la sospechosa, usted... ¿usted cree que haya más casos, además de estos cinco?

—No sólo lo creo. Estoy totalmente convencido de que es así, Broussard. Piensa en las hermanas —dijiste, apuntando hacia la columna—. Después del "accidente", la familia vendió el departamento a una inmobiliaria, y si el pobre diablo de bienes raíces no hubiese encontrado el bulto sembrado detrás de la estufa cuando estaban haciendo remodelaciones, esa cosa se habría quedado allí pudriéndose quién sabe cuánto tiempo más. Todos los artilugios fueron encontrados por simple casualidad, así que vamos a analizar todos los malditos casos que coincidan con el patrón de los homicidas para ver si podemos hallar más. Tenemos dos semanas para resolver este jodido caso y poner a la maldita loca que está detrás de todo esto tras las rejas.

—¿Dos semanas? ¿Por qué...?

—Porque en vez de estarnos matando las neuronas con esto deberíamos de tener la nariz hundida en lo de Aguillard —respondiste, irritado—, y si no podemos dar por zanjado este asunto pronto, vamos a meternos en un problema bien gordo con el capitán, así que lleva tu inútil humanidad a la sala de archivos y empieza a buscar.

Malen no se detuvo a preguntarse por qué esta vez te preocupaba quedar mal con tu superior si casi siempre lo mandabas a la mierda. Tan sólo asintió y dio la media vuelta para salir corriendo del depósito.

Sonreíste, porque la pequeña esperanza de que fueran a lograrlo estaba allí, más clara que nunca. Ya tenías una conexión, un patrón que seguir y evidencias para sostener tu caso, sólo te faltaba conocer la motivación de tu manipuladora asesina y descubrir finalmente su identidad; el resto del misterio debía resolverse por sí mismo porque en tu mundo siempre había una respuesta lógica detrás de cada caso criminal. Sí o sí.

Tan sólo esperabas que tu esfuerzo por salvar la carrera de tu asistente no terminase tirando la tuya a la basura.

✦ ✦ ✦

Al enterrar la pala entre los escombros y escuchar cómo la cabeza metálica reventaba algo de vidrio bajo su golpe, tu cara se ensanchó en una sonrisa.

—¡Broussard!

Tu asistente sacó su propia pala del lodo y corrió hacia ti, chapoteando en la ciénaga urbana. Ambos comenzaron a cavar ávidamente en el sitio en el que, tras atraer tu atención a través de la vibración del agua, te hice buscar.

Estabas en un terreno baldío a medio inundar y en un lugar tan despoblado que ni siquiera se había levantado de nuevo el cableado eléctrico. Un par de años atrás, aquella había sido una pequeña y bonita calle adyacente a una de las reservas naturales de la ciudad, pero después del tornado que había azotado la zona ya no quedaban más que escombros; fantasmas ahogados de aquellas casas que no habían soportado la tempestad.

Los huracanes eran las bestias más temidas de Nueva Orleans, pero poco se hablaba de los monstruos de viento que también gustaban de asolar el Estado Pelícano. Y cuando tú y tu asistente sacaron aquel bulto rojo, casi agradeciste que hubiera sucedido aquel siniestro, puesto que tal vez te habría sido imposible encontrar el artilugio si hubiera todavía una casa encima de él.

La tela estaba un poco roída y apestaba a humedad, lo cual paliaba un poco el olor a cadáver. Se escuchaban varias botellas rotas tintinear, pero esperabas que pudiera contar como evidencia.

—Vaya, jefe —exclamó Malen, limpiándose la frente—, éste sí que costó trabajo.

—¿Te parece, desgraciado? —dijiste, mordaz, para luego echar el bulto en una bolsa de plástico.

Se lo pasaste a tu asistente y ambos dieron media vuelta para volver hacia tu coche, estacionado junto a un pequeño árbol a un costado del desolado camino.

Cuando la lluvia comenzó a caer despacio sobre ti, ni siquiera tuviste fuerzas para maldecirla. Ya estabas mojado de todas maneras y aunque las nubes se habían contenido toda la mañana, siempre parecían encontrar la manera de joderte el día.

Luego de echar el bulto al maletero y regresar a la estación de policía, lo único que deseaste fue un baño caliente, pero al contemplar la enorme pila de carpetas aguardándote en tu escritorio, supiste que no valía la pena anhelar siquiera un cambio de ropa seca.

Te dejaste caer sobre la silla y observaste la torre, con los párpados pesados por las pocas horas de sueño que llevabas encima. Durante los diez días que tenían trabajando, Malen y tú habían encontrado nada más y nada menos que treinta casos más que seguían el patrón de los infanticidios, con el más antiguo datado doce años atrás.

Hasta ahora, Malen y tú sólo habían logrado examinar diez, rescatando tan sólo cuatro bultos. Te frustraba que no fuesen más y parte del fracaso lo aludías a que la mayoría de las veces era imposible acceder a las escenas del crimen.

Algunas de las casas donde habían ocurrido los homicidios ya ni siquiera existían, habían sido convertidas en otro tipo de edificios o simplemente, los "muy hijos de puta" de los propietarios, como te habías referido a ellos, no te dejaban entrar a destruir sus paredes.

Todavía les quedaba un largo trabajo por delante y apenas once días más para terminar, y empezabas a temer que tal vez no fueran a lograrlo, no sólo por no poder acabar de revisar todos los casos, sino porque...

—Tenga, jefe.

La voz de tu asistente te sacó de tus pensamientos; el chico sostenía una taza de café humeante frente a ti. Estabas de tan mal humor que estuviste a punto de derramarla de un manotazo, pero optaste por suspirar y tomarla entre tus dedos.

El calor de la cerámica te reconfortó, pero no tanto como mi propio cuerpo alrededor de tus hombros. Sentí que en ese momento lo necesitabas más que nunca.

—Gracias —murmuraste en voz baja, para mi satisfacción. Últimamente te costaba menos trabajo decir aquella palabra.

Malen se limitó a sonreír en respuesta y se sentó frente al escritorio. Él también estaba agotado, podías verlo en las ojeras bajo sus ojos y en la forma en que suspiró. Y cuando iba a alargar la mano para tomar una de las carpetas, tu voz lo detuvo.

—¿Qué tal está tu mujer, Broussard? —preguntaste con el único interés de darle cinco minutos de descanso aún a costa de conversar, algo que te parecía una pérdida de tiempo.

El chico abrió bien los ojos, sorprendido, y carraspeó.

—Bien… Todo normal en casa.

—Ya…

—Acabo de llamar a la última tienda vudú que nos quedaba del Barrio Francés, por cierto —dijo—, pero la dueña es caucásica. No encaja con el patrón.

Diste un trago a tu taza de café y pretendiste no notar que el muchacho había evitado el tema.

—Por supuesto que no. De por sí los practicantes de vudú no suelen ser otra cosa más que charlatanes, los blancos son todavía peores —contestaste fastidiado, porque desde un principio sabías que no encontrarían algo allí aun cuando fuese el sitio de la ciudad con más negocios relacionados con el vudú.

Los turistas tenían la costumbre de creer que los mejores "brujos vudú" de Nueva Orleans se encontraban empotrados en algún local concurrido de las pomposas calles de *le Vieux Carré*, pero la verdad es que allí no había más que muñecos falsos repletos de alfileres, negocios que olían a ungüento barato y descendientes de colonos leyendo el Tarot en tiendas abarrotadas de recuerdos fabricados en China que poco o nada tenían que ver con el vudú auténtico.

No negabas que hubiesen practicantes reales residiendo allí, inclusive genuinos *hougans* y *mambos*,[4] pero tú sabías que un sitio así debía oler más a sangre y humo que a incienso y velas perfumadas; que donde se practicaba el verdadero servicio a los Loas no brillaban las piedras de colores sino los huesos secados al sol, y eso a los visitantes no solía atraerlos demasiado; no les interesaba comprender una cultura distinta a la suya, sólo despojarla de su gente y de lo que no les parecía atractivo.

---

[4] Sacerdotes y sacerdotisas de vudú haitiano.

Me hacía muy feliz saber que, por poco que respetaras a los practicantes y sus creencias, al menos entendías las diferencias entre uno y otro.

Al mirar la lista que te había dado Alphonine con los nombres de más de sesenta sacerdotisas repartidas por toda la ciudad que encajaban en el rango de edad que buscabas, soltaste un bufido de frustración.

—Maldita sea, da igual que no volvamos a dar con algún bulto de mierda, pero si no tenemos, aunque sea una aproximación de quién podría ser la autora de todo esto, no llegaremos a ningún lado. No podemos ir puerta por puerta examinando los negocios de sesenta mujeres. No tenemos tiempo para eso.

La consternación del chico se acrecentó al verte tan frustrado. Muchos decían que trabajar contigo era una auténtica pesadilla, pero para Malen era un honor aprender de ti, de tu inteligencia y dedicación, por lo que le dolía que alguien a quien admiraba tanto, de pronto pareciera perder la confianza en sí mismo de esa manera.

Sabía que estaba interviniendo más de lo que debía en este asunto, pero la situación era tan crítica que estuve dispuesto a sufrir las consecuencias.

Rocé el bolsillo derecho del chico para hacerlo mirar. Suspiró y metió la mano para sacar su billetera. Extrajo una tarjeta roja y te la ofreció.

—¿Qué es esto? —preguntaste.

—Una persona que tal vez podría ayudarnos.

Tras leer la tarjeta, miraste al joven como si te hubiese golpeado la cara con una sartén.

—¡¿Tenías el contacto de una sacerdotisa y no me lo dijiste?!

—No lo creí necesario porque ella no está en el rango de edad —dijo en su defensa—, no sé cuántos años tiene, pero a lo mucho serán unos cuarenta, y vive bastante apartada de la ciudad. Es una buena persona, jefe, de esas que la gente llama "brujas blancas", se lo puedo asegurar. Ayudó muchísimo a mi esposa en los últimos años y por eso no quería involucrarla en todo esto.

La esperanza creció en mi interior cuando tus ojos se clavaron en el nombre en la tarjeta, impreso en letras blancas.

—¡Hoffman! Maldita sea, ¡HOFFMAN! —el grito de tu capitán te hizo levantarte de un salto y dejar tanto la tarjeta como la lista en tu escritorio. El hombre se acercó corriendo a tu cubículo y estampó las palmas sobre la madera.

—Pero ¡¿qué...?!

—Recibimos una llamada de emergencias —exclamó—, ¡Aguillard acaba de matar a una de las niñas!

La sangre se te fue a los pies.

En menos de un segundo, saliste disparado de la oficina con tu asistente a tus espaldas. La sirena de tu automóvil gritó al tiempo que pisaste el acelerador para cruzar la ciudad a toda velocidad.

CAPÍTULO 8
UNA DECISIÓN...

Casi derrapaste el coche al llegar a la residencia del asesino. La pequeña casa estaba rodeada de patrullas y hombres armados, mientras un policía sostenía un megáfono en alto, intentando, a base de amenazas sin éxito, hacer salir al tipo de su nido de inmundicia.

—¡Detective Hoffman!

Malen y tú bajaron del vehículo para acercarse corriendo hacia el oficial a cargo de la redada.

—¿Qué diablos sucedió? —exclamaste por encima del ruido de las sirenas.

—Sobredosis —respondió el agente—. La madre encontró el cadáver de la adolescente en su habitación y Aguillard la molió a golpes cuando intentó llamar a emergencias, pero por suerte logró escapar. Lo rodeamos antes de que pudiera huir.

Giraste la cabeza hacia la ambulancia estacionada detrás de las patrullas; la mujer lloraba sobre una camilla con el cabello apelmazado por la sangre.

—¿Y la otra niña?

—Sigue dentro. El muy bastardo la tomó como rehén.

—Santo cielo —susurró tu asistente.

—Un equipo SWAT estará aquí en diez minutos —añadió el oficial.

—¡Carajo, no! —gritaste—, ¡si ese cabrón los ve llegar, matará a la niña y luego se meterá una bala en la cabeza! Llámalos y diles que ni se les ocurra acercarse hasta que yo lo autorice.

El oficial parpadeó un par de veces, desconcertado, pero al final llamó por el intercomunicador para dar la orden. A pesar del desastre, no tenías las manos completamente vacías; aun cuando hubieses concentrado todos tus esfuerzos en el caso de los bultos, te habías tomado el tiempo de analizar el perfil de Abel Aguillard lo suficiente para saber que el desgraciado preferiría matarse antes de poner un pie en la prisión.

Cuando la camioneta de tu capitán llegó a la escena, miraste hacia la casa. Era de estilo "escopeta", nombre devenido de la curiosa idea de que, cuando te parabas frente a la puerta de la entrada, podías disparar desde allí hacia cualquier habitación. Las gruesas cortinas, todas de colores distintos y que impedían el paso de la luz, hacían muy difícil la intervención de francotiradores, y el entresuelo era demasiado estrecho para deslizarse por debajo y buscar una escotilla por dónde entrar.

Fuiste hacia el tipo del megáfono y se lo arrancaste de las manos.

—Aguillard, soy el detective Hoffman, ¿podríamos hablar ahora? —la tranquilidad con la que hiciste aquella pregunta pareció inverosímil ante la situación. Al no ver movimiento dentro de la casa, proseguiste—: Aguillard, ¿qué te parece si me ayudas un poco? Si puedes demostrarme que Sussanne sigue viva, haré que todos los oficiales tiren sus armas, ¿está bien?

—¡HOFFMAN! —tu superior llegó a tus espaldas y te jaló del hombro, pero tú resististe en tu lugar.

—Piénsalo, hombre —insististe—. Muéstrame a la niña y estos bastardos se quedarán sin motivos para hacerte daño. No te pido nada más.

El capitán estaba a punto de arrancarte el megáfono, cuando todo el operativo enmudeció. La cortina de la ventana frontal se removió y una niña pequeña se asomó por el cristal para mostrar su rostro enrojecido por las lágrimas. Acercó su manita contra el vidrio y luego alguien la jaló bruscamente hacia atrás y corrió de nuevo la tela.

El hombre tras de ti se quedó sin aliento, y te bastó una mirada para que él levantara el brazo e hiciera que todos los oficiales echaran sus armas al piso.

Tú no te quedaste atrás. Te quitaste la gabardina, dejando expuesta la pistolera que tenías puesta sobre la camisa blanca. Sacaste la Glock que llevabas en el arnés de pecho y la echaste a un lado.

Todo quedó tendido en el suelo como una ofrenda para el dios furioso que estabas enfrentando.

—Gracias, Aguillard —dijiste—. Ahora vamos a tratar de sacarnos de encima este problema, porque ni tú ni yo tenemos deseos de estar en esta situación.

—¡ORDÉNELES QUE SE LARGUEN, CABRÓN! —exigió aquel grito proveniente de la casa.

Miraste hacia tu jefe, pero él parecía ya más que dispuesto a dejar en tus manos la situación.

—De acuerdo —conviniste—. Los oficiales se llevarán de aquí sus patrullas, pero sólo si puedes ofrecerme algo a cambio. Dame tus opciones.

Largos minutos de silencio prosiguieron a tu oferta. La situación era tan tensa que hasta yo contuve la respiración.

—Si cooperas conmigo nadie te pondrá un dedo encima —continuaste—. Prometo que recibirás un trato especial. Tú sólo dime lo que necesitas y...

—Bien —gritó—. Venga aquí a negociar si tanto lo quiere, detective.

El tono agresivo de aquel sujeto hizo sudar a tu asistente. Tú, en cambio, apretaste los labios y miraste a tus espaldas, al cuerpo de policía aglomerado a tu alrededor. Esta vez, fuiste tú quien levantó el brazo para hacer una señal.

—¿Qué? No, NO, jefe, ¡espere...!

Bastó que le hicieras una indicación con la mirada a Malen para hacerlo callar. No era una mirada hostil, sino de confianza, porque a partir de ese momento, el chico debía estar atento a cualquier sonido o movimiento en la casa; tu vida iba a depender de ello.

Mi Malen asintió con los labios apretados.

Todos los agentes se replegaron hacia sus patrullas, entrando a los vehículos y cerrándolos con un portazo; el ajetreo duró apenas unos instantes que parecieron eternos. Una vez que la última puerta se cerró, levantaste ambas manos para mostrarle al secuestrador que no tenías algo más encima y empezaste a caminar hacia la casa, bajo la mirada desorbitada de tu capitán.

Por dentro rogabas, a todos los dioses en los que no creías, que al tipo no se le ocurriera la brillante idea de matarte en la entrada.

Para tu suerte, la puerta se abrió con un rechinido, dejándote pasar. Te quedaste en el umbral apenas unos segundos, los suficientes para que Malen notara que tu cabeza viraba hacia un costado de la sala. Hacia donde se encontraba el psicópata.

—Cierre la maldita puerta —susurró el hombre, y la crudeza del cuadro frente a ti te revolvió el estómago.

Aguillard estaba de pie, con el hombro recargado contra la pared frontal de la casa de modo que le sirviera de barricada. Tenía un revólver con el que apuntaba a su hijastra, y la cabeza de la niña yacía debajo de la suela del zapato del desgraciado. Ella derramaba sendas lágrimas y temblaba de arriba abajo, pero no gimoteaba, pequeñita y valiente contra el pie de su monstruoso padrastro.

Alzaste una mano hacia ella.

—Tranquila, Sussanne —susurraste con una voz dulce, gentil—. Todo va a estar bien.

—Cállese y haga lo que le digo, cabrón.

No respondiste con la misma hostilidad. Es más, ni siquiera pusiste mala cara; podías ser un desgraciado y decir las cosas más horrendas cuando querías, pero también sabías convertirte en otra persona cuando tu trabajo lo requería, así que obedeciste.

La niña se tragó las lágrimas y apretó los párpados.

—Deberías soltarla, Aguillard —pediste con una tranquilidad que no sentías—. Sabes que no saldrás bien parado de esto si le haces daño.

—Dijo que venía a negociar, así que hágalo.

Asentiste, pretendiendo estar de acuerdo. Comenzaste a acercarte al sujeto, pero en cuanto estuviste a dos metros de él, el tipo levantó la pistola y te apuntó.

—¿Quieres un auto? —preguntaste, conservando la paciencia ante la peligrosa situación.

—¿Acaso crees que soy estúpido? —contestó—, quiero que me asegures mi libertad condicional, porque sé que van a arrestarme en cuanto salga de aquí.

Maldijiste para tus adentros, pero decidiste ceder.

—De acuerdo, dame a la niña y cerraremos el trato. La fiscal está escuchando ahora mismo nuestra conversación.

Levantaste el cuello de tu camisa para revelarle el pequeño intercomunicador oculto debajo de la tela. Aguillard sonrió y aplastó con más fuerza la cabeza de su hijastra.

—Venga por ella, detective.

Bastardo de mierda, pensaste. Apretaste la mandíbula porque en algún momento de tu vida tú mismo supiste lo que se sentía tener encima la suela de quien se supone debía protegerte.

Diste pasos firmes hacia el hombre con toda la calma que podías aparentar. Debías dejarlo creer que tenía el control de la situación, que si le apetecía podía golpearte con la culata de su pistola y eso no tendría mayores consecuencias.

Aguillard retrocedió, retirando el pie de la cabeza de la niña, pero no pudiste evitar notar que su dedo se deslizó de nuevo hacia el gatillo de la pistola.

Lo supiste de inmediato; el hombre había comprendido que el trato era una farsa. No saldrías vivo de allí si dabas un paso más, así que, en vez de agacharte hacia Sussanne, fijaste la mirada en el hombre.

—Qué linda decoración —dijiste con una sonrisa, señalando con la barbilla la ventana que estaba a su lado—. ¿Eso en la cortina *verde* es la sangre de tu esposa?

En cuanto pronunciaste aquellas palabras, una bala reventó el cristal.

La escena duró apenas un parpadeo.

El hombre se arrojó al piso, ileso y con su arma aun fuertemente aferrada en la mano. El francotirador no había logrado acertarle, por lo que otra lluvia de balas comenzó a romper todas las ventanas de la casa. Poniéndote también pecho tierra, alargaste el brazo hacia la pequeña Sussanne. La tomaste del tobillo y ella gritó cuando la arrastraste por el suelo salpicado de esquirlas para envolverla con tu cuerpo.

Aguillard levantó su arma para dispararte, pero el ruido de la puerta de enfrente abriéndose de pronto lo detuvo. Al ver a una cuadrilla de policías entrar, el tipo se levantó y salió corriendo desde la sala hacia la puerta trasera que daba al patio.

Tardó un segundo en cruzar la diminuta casa y pasar el umbral.

—¡Broussard! —gritaste a través del intercomunicador, poniéndote de pie—, ¡refuerzos en el patio!

—¡Ya estoy aquí, voy sobre él, jefe!

—¡NO, MALEN! ¡SIGUE ARMADO!

Pero fue demasiado tarde.

Cuando Malen Broussard salió de detrás de la valla del jardín para bloquear el paso de Abel Aguillard, éste lo recibió con una bala.

CAPÍTULO 9
...IRREVERSIBLE

—¡Nooooo! En el momento en que tu arma alcanzó la espalda del fugitivo, Malen ya estaba tendido sobre el verde césped, desangrándose. El ruido de las sirenas reventó como una bomba de vacío sobre tus oídos y todo comenzó a desdibujarse a tu alrededor.

Saliste de la casa para arrojarte sobre el chico, intentando formar la palabra "médico" dentro de tu garganta, pero nada coherente salió. Sólo gritos desesperados.

La bala le había perforado un costado del cuello, destrozándole la carótida. Su mirada estaba en dirección al cielo que comenzaba a escupirle. La convulsión de su cuerpo debía darte a entender que estaba entrando en *shock*.

Pero no querías entender. Sólo querías salvarlo. *Tenías que salvarlo.*

Presionaste la herida y las mangas de tu camisa se tiñeron de rojo, como si estuvieran absorbiendo la vida de tu asistente. Lo llamaste por su nombre, lo amenazaste con darle la paliza de su vida si se le ocurría desobedecerte, pero él no reaccionó.

Tan sólo siguió mirando las nubes en el cielo encapotado.

Unos brazos fuertes te tomaron de las axilas para tratar de alejarte de él. El pánico te hizo pelear, revolverte como una bestia exasperada.

Y cuando por fin te dejaron tranquilo, con su cuerpo enfriándose en tus brazos, mi corazón me dolió tanto que el arcoíris en mis escamas también enmudeció.

Esa tarde, la lluvia bajó del cielo sin detenerse.

CAPÍTULO 10
DEUDA

Por la noche, el olor de la tormenta te pareció denso, asfixiante. Y aunque la puerta de tu casa yacía abierta de par en par, no querías dejar de percibir la esencia de la tierra besada por la lluvia.

Estabas sentado en la última silla de tu cocina, con la luz reflejándose sobre el mosaico amarillo y tus manos sobre el regazo. No recordabas exactamente cómo habías llegado hasta tu casa, si habías partido de la escena del crimen en tu auto o en la patrulla de otro policía. Lo único que evocabas con claridad fue cómo un vértigo terrible te inundó cuando te arrancaron a Malen de los brazos para que aquel camillero pudiera dejarle caer una sábana sobre la cara.

Todavía tenías la vaga sensación de la mano de algún oficial sobre tu hombro, intentando hacerte reaccionar. Y cuando cerraron las puertas de la ambulancia y se lo llevaron, todo se volvió escarlata para ti.

El deseo de destrozar a Aguillard te revolvió las entrañas, pero nada había de satisfactorio en reventarle la cabeza a un muerto a patadas, así que te quedaste con la impotencia en los puños y la rabia en el corazón.

Estabas furioso, habías cometido un error tremendo y ahora Malen estaba muerto, así que hiciste lo que haces mejor: colocar una piedra más en esa enorme montaña de autodesprecio que cargas.

No volviste a la comisaría a declarar y nadie te lo recriminó. No podrías lidiar con la culpa sentándote frente a un escritorio, así que volviste a expiarla en el sitio que más odiabas sobre la Tierra.

Y es por eso que cuando el capitán entró a tu casa y vio que habías destrozado todas y cada una de las sillas de tu cocina, a excepción de ésa en la que estabas sentado, se recargó contra el lavabo y esperó pacientemente a que tú mismo decidieras levantar la cabeza, aunque fuese hacia un punto muerto en la ventana.

—Tu vecino te dejó algo en la entrada —dijo, mostrando el recipiente plástico que traía en la mano.

Permaneciste inmutable, tanto, que el hombre no estaba muy seguro de que te hubieses percatado de su presencia. Pero lo que sí notó es que una vez más estabas enfrentándote a los problemas con el sentimiento equivocado.

—Hoffman...

—Si has venido a pedirme la placa, no sé dónde está —exclamaste, y la forma apretada en la que las palabras salieron de entre tus dientes hizo suspirar a tu superior.

—No vine a despedirte, muchacho. Al contrario. Vine a asegurarme de que no renuncies.

Casi te echaste a reír.

—Si sigues siendo tan condescendiente, a quien van a echar es a ti, Howard —replicaste con fastidio, dejando a un lado la formalidad.

—Después de lo que pasó hoy, no dudo que ya piensen en hacerlo.

Chasqueaste la lengua y te pusiste de pie para acercarte a una de tus alacenas. Sacaste una cajetilla de cigarrillos y un encendedor que tenías escondidos detrás de un paquete de pasta. Al verlos, tu capitán alzó una ceja.

—Creí que lo habías dejado.

—Yo también —dijiste, para luego encender uno de los cigarrillos.

La sensación del humo entrando a tus pulmones fue repulsiva, pero ayudó a ocupar un vacío que no sabías con qué más llenar.

—Mira, sobre lo de hoy...

—Si dices una estupidez, como que no fue mi culpa y que no debería sentirme mal, te sacaré de aquí a patadas.

—Pues empieza, muchacho, porque *no fue tu culpa* —dijo el capitán con firmeza—. Tú no le pusiste el arma en la mano a Aguillard.

—Pero tampoco lo detuve a tiempo —insististe, enojado—. Y eso le costó la vida a Broussard.

El capitán se masajeó los párpados.

—¿Sabes cuál es tu problema, Salvador? —exclamó—. Que siempre haces las cosas tan bien, con tanta eficiencia, que cuando te equivocas no tienes la más remota idea de cómo enfrentarlo.

—Eso no es asunto tuyo.

—Sí que lo es, Hoffman. Eres un agente que lidia con traficantes y homicidas, con asesinos a sueldo. No puedes esperar que el tipo de vida que llevas no tenga consecuencias.

—No me vengas a decir que no tengo ni idea de qué esperar de este jodido trabajo, Howard, no empecé ayer.

—Pero sí que es la primera vez que pierdes a alguien, Hoffman, *y eso no le sucede a cualquiera.*

Aquello te hizo estallar.

—¡¿Por qué diablos crees que nunca quise un compañero en primer lugar?! —exclamaste—, soy un cabrón egoísta que no tiene la puta capacidad de *ocuparse de otra persona*, ¡Broussard estaría vivo si todo el mundo se tomara la jodida molestia de entenderlo!

Tu capitán alargó la mano para tratar de posarla sobre tu hombro.

—¡Aléjate de mí, carajo! —bramaste para luego darle la espalda y estrellar el dorso de tu puño contra la puertilla de la alacena.

La rabia te partió como la grieta que abriste en la madera, pero Howard permaneció firme en su lugar.

—El muchacho está muerto porque cometió un error, Hoffman —dijo con suavidad—. Y aun si hubieras dejado a un lado ese caso que te ha obsesionado las últimas semanas, no habrías podido evitar que se equivocara de otra manera que no tuviera consecuencias fatales. Ésa es la *verdadera* realidad de nuestro trabajo.

Sentí una profunda pena por ti. Te dolía mucho lo que había sucedido, sólo que no sabías cómo hacerte responsable de ese dolor, y ese hombre frente a ti, aquel al que le rechazabas cualquier tipo de cercanía, lo comprendía mejor que nadie.

—Sabías que no estaba prestando atención al caso de Aguillard —susurraste—, ¿por qué no dijiste algo?

Howard suspiró para luego mirar hacia la ventana.

—Yo también cometí muchos errores —admitió—. No debí haberte amenazado con despedir a Broussard sólo para que comprendieras cuánto te importaba el muchacho. Eso me hace tan culpable de esto como tú.

Negué con la cabeza, porque a pesar de sus buenas intenciones, eso sólo te hizo sentir peor. Tal vez debió ser más sincero y confesar que, si nunca intervino, es porque confiaba plenamente en ti.

Y que aún lo hacía.

Al ver que no estabas dispuesto a agregar algo más, el capitán se dirigió hacia la salida.

—Preséntate cuando puedas a la oficina, Salvador —dijo sin mirar atrás—, pero ten en cuenta que tienes mucho trabajo por hacer.

Paternidad y una mierda, pensaste. Para ti estaba claro que si ese hombre estaba allí, simulando que le importabas, fue porque eras su perro policía preferido. Habrías montado en cólera ante la idea, pero estabas demasiado cansado hasta para ser tú mismo.

—Claro —replicaste entre dientes—. Deja la carpeta del nuevo imbécil del que debo ocuparme en mi escritorio.

Howard se detuvo de pronto.

—¿Nuevo? —preguntó, ahora sí mirándote sobre su hombro—. Hoffman, ahora tienes una deuda con Malen Broussard. Que no se te olvide.

Aquello te hizo cerrar la boca.

El hombre saltó las bolsas de basura, sin juzgarte, y salió cerrando la puerta a sus espaldas.

CAPÍTULO 11
RESPONSABILIDAD

Como era de esperarse, volviste al trabajo sólo dos días después de la muerte de Malen. La tragedia te había quitado los deseos de levantarte de la cama, pero la culpa y el silencio nunca eran buena compañía, así que en cuanto el cielo mutó de negro a gris esa mañana, te pusiste en marcha.

Después de mandar al diablo a un grupo de periodistas que morían porque les contaras sobre cómo te sentías con el asesinato de tu compañero, entraste a la comisaría echando humo.

En vez de ser recibido con la apatía habitual, la gente del distrito te miró con compasión, cosa que te enfadó todavía más. La única persona de la que debían compadecerse ya había cruzado hacia el mundo de los muertos y tú sólo eras la personificación de una injusticia.

La idea era tan abrumadora que en cuanto viste la taza con los dibujos de rosquillas sobre tu escritorio, vacía, quisiste dar media vuelta y largarte.

Pero el teléfono en tu cubículo sonó.

—¿Estás listo, Hoffman? —era tu capitán, quien te miraba desde su oficina.

—¿Listo para qué?

—Para ir a casa de Broussard.

Apretaste el auricular.

—¿A qué? —replicaste—. Ya avisaron a su esposa sobre el fallecimiento, ¿no es así?

—Sí, pero no quise hacer el procedimiento oficial hasta que volvieras, muchacho, y darle tus condolencias a la pobre mujer es lo mínimo que deberías hacer por ella, ¿no crees?

—¡Pero...!

El capitán no te dejó argumentar. Cuando te diste cuenta, no sólo te había colgado ya, sino que estabas sentado a su lado en su camioneta en dirección a casa de Malen, fumando tu tercer cigarrillo del día.

En una situación normal no habrías obedecido, sobre todo ahora que debías ocuparte del caso de los bultos por tu cuenta, pero Howard tenía razón. Y conforme se fueron adentrando al vecindario de tu compañero caído, el sentimiento de responsabilidad se incrementó.

Si no sabías siquiera que tu asistente tenía esposa, mucho menos que vivía en la zona baja de Ninth Ward, la parte más golpeada de toda Nueva Orleans.

Aún tras los años, los esfuerzos y la gigantesca dignidad de su gente, no de las autoridades, la zona aún no había logrado recuperarse de Katrina; más de la mitad de las casas yacían abandonadas y el resto estaban en tan mal estado que apenas y se mantenían en pie.

La vivienda de Malen era sumamente pequeña y humilde, de ésas con el techo a dos aguas y varias paredes que necesitaban una urgente reparación, pero, con todo, era un hogar adorable, con plantas bien cuidadas y pequeños rehiletes de colores clavados en el jardín frontal.

Tu superior y tú se apearon del vehículo y avanzaron hacia la entrada. El sonido del televisor a todo volumen rompía la quietud del solitario lugar.

Howard se retiró la gorra del uniforme, alzó el brazo y tocó el timbre.

Pasaron unos segundos, pero al no recibir respuesta, el capitán llamó a la puerta con los nudillos.

—Señora Broussard, soy el capitán Howard Desdune —exclamó.

Mis vértebras se torcieron de ansiedad, pero no tanto como las de Howard. Estremeció la puerta con más fuerza, pero siguieron sin responder. El ruido del televisor era estridente, pero la casa demasiado pequeña para que alguien no escuchara el llamado del jefe de policía.

—Qué pena, no está —dijiste, encogiéndote de hombros con una fingida mueca de decepción. El capitán te miró con gesto reprobatorio y ambos dieron media vuelta dispuestos a marcharse.

Pero yo no me rendiría tan fácilmente.

Cuando pusieron un pie fuera del porche, el sonido de mi cuerpo dando pesados tumbos dentro de la vivienda los hizo detenerse y regresar a zancadas a la entrada.

—¡Señora Broussard! —exclamó Howard—, ¡¿está todo bien?!

Al sólo obtener como respuesta un segundo golpe, embestiste la puerta con el hombro.

Ambos contuvieron el aliento al descubrir el interior de la casa revuelto. Todos los platos estaban rotos, los muebles volcados en el suelo y las cortinas desgarradas como si un huracán hubiese azotado el lugar.

—Dios mío, ¿pero qué diablos pasó aquí? —exclamó tu superior, pero no te detuviste a responderle.

Cruzaste la casa, buscando de arriba abajo a quien sea que hubiese provocado aquel desastre; yo sabía que no encontrarías nada, puesto que se había marchado bastantes horas atrás.

Al abrir la única habitación, el potente ruido del televisor explotó en tus oídos; los vidrios de las ventanas estaban rotos y la tormenta de anoche había encharcado todo el lugar. Y entonces, un sonido muy particular llegó hasta tus oídos por encima del escandaloso aparato.

Aquello provenía de una cesta de ropa colocada sobre la cama desarreglada. A la vez, emanaba un penetrante olor a orina y excremento, por lo que te acercaste con extremo cuidado.

Y al asomarte, el ruido cesó.

—Hoffman, la señora Broussard no está por...

Tu capitán enmudeció cuando te vio estirarte hacia el canasto. Te giraste para mostrarle lo que ahora sujetabas entre los brazos.

Era una bebé.

✦ ✦ ✦ ✦

—¿Por qué *chingados* no me dijiste que Malen tenía una hija?

Las enfermeras te miraron escandalizadas, no tanto por tu florido dominio del español, sino por el grito desconsiderado que habías soltado en medio de la sala de espera de emergencias.

Tu capitán conservó la calma delante de las miradas juiciosas.

—El punto de la visita a la casa era que la conocieras, Hoffman.

—¡Vaya! Gracias, Howard, ha sido un encuentro jodidamente maravilloso.

Antes de que siguieran discutiendo, el pediatra en turno se les acercó. Ambos se pusieron de pie y el hombre estrechó la mano del capitán.

—¿Cómo está la niña, doctor? —preguntó tu superior.

El hombre carraspeó.

—¿Dicen que no encuentran a la madre? —contestó, evadiendo la pregunta.

—Así es —afirmaste—, la bebé estaba sola en la casa.

—Ya veo...

Se te crisparon los nervios ante la actitud del médico.

—Hable, carajo —ordenaste, severo, pero él pareció comprender a la perfección tu ansiedad. Miró la tabla que traía entre las manos y suspiró.

—Los exámenes de sangre arrojaron hipoglucemia, pero ya hemos podido estabilizar su nivel de azúcar vía intravenosa.

—¿Eso qué diablos significa?

—Que la bebé llevaba bastantes horas sin comer, detective. Tal vez desde anoche.

Cuando el hombre dijo aquello, algo dentro de ti se retorció al comprender que aquel fuerte olor a excremento y orina que habías percibido se debía a que, si la niña no había comido, mucho menos le habían cambiado el pañal.

—¿Y ella... estará bien? —preguntaste con tiento.

—Su vida ya no corre peligro —contestó—. Pero, como apenas tiene seis meses de nacida, la hipoglucemia pudo haberle generado daño cerebral. Es posible que desarrolle problemas de aprendizaje... pero aún es muy pronto para saberlo.

—¿Podemos verla? —pediste, para sorpresa no de tu capitán, sino tuya. El pediatra asintió y los hizo seguirlo a través del pasillo.

La bebé descansaba en un cunero detrás de una vitrina, con la aguja del suero encajada en su pequeño brazo. Un inusual sentimiento de alivio te recorrió al ver que ahora yacía limpia y plácidamente dormida, con su rostro calmo y sonrosado, no como cuando la levantaste de la cesta y estaba tan fría que pensaste que moriría entre tus brazos tal como ocurrió con su padre.

El sonido del celular del capitán te sobresaltó.

—Es Harris, de personas desaparecidas —murmuró al mirar la pantalla, para luego contestar y alejarse unos pasos.

—Detective, ¿puedo hablar con usted un momento? —te pidió el pediatra en voz muy baja—. Mire, no sé cómo decirle esto...

—Sólo hágalo —exigiste, por lo que él asintió, apesadumbrado.

—Además de la hipoglucemia, encontramos varios hematomas en los brazos de la niña —dijo con seriedad—. No son graves, pero por la coloración, sí bastante recientes. Deben de tener menos de un día y sin duda fueron hechos por manos adultas.

Te pasaste una mano por el cabello.

—Mierda... —susurraste, a falta de palabras más adecuadas—. Voy a necesitar una copia de ese informe.

El médico asintió, para luego marcharse, al tiempo que tu capitán volvía contigo.

—¿Y bien? —preguntaste—. ¿Qué diablos te dijo?

El hombre negó con la cabeza.

—Varios vecinos vieron a la esposa de Broussard salir de la casa ayer por la tarde, sola. Las cámaras de seguridad de la terminal Greyhound la captaron con una maleta, así que es probable que haya tomado un autobús. Todavía no han averiguado hacia dónde.

—¿Me estás diciendo que abandonó a su hija sin más?

—... Rose Broussard no era precisamente una persona estable, Hoffman. De hecho, nunca voy a entender cómo es que Malen... bueno.

De inmediato pensaste en lo que te había dicho el pediatra sobre los hematomas, así como en el hecho de que Malen había evitado hablar de su esposa en el pasado. No ibas a hacer conjeturas, pero la situación pintaba mal. Muy mal.

—¿A qué hora vendrán por la niña? —preguntaste.

Tu capitán soltó un largo suspiro.

—No tengo idea, no hemos podido conseguir a alguien todavía.

—¿Qué hay de la S.S.?

—Dios, Hoffman, ya te he dicho que no llames así a Servicios Sociales.

Sonreíste sin complacencia, porque para ti no había forma mejor de describir a la institución. Tenías tus razones.

—Justo eso me estaba diciendo Harris —continuó tu superior—. Acaban de cerrar un orfanato esta tarde y están con las manos llenas. Estoy pensando en llamar a mi esposa si no podemos conseguir a alguien que se ocupe de ella esta noche. No tenemos hijos, pero supongo que nos las arreglaremos.

Parpadeaste un par de veces y miraste hacia la ventana. Una enfermera se acercó a la bebé para retirarle el suero y ella comenzó a llorar de dolor.

Recordaste cómo había dejado de hacerlo antes, en cuanto te vio asomarte sobre el cesto donde la habían abandonado como si hubiese sabido de inmediato que ahora estaba a salvo. Era tan pequeñita y frágil que casi había cabido en tus manos cerradas, y se veía tan sola en ese cunero de plástico

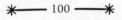

como si aún estuviese en la cesta de trapos sucios. Y sabías que pronto lo estaría aún más en los fríos cuartos de Servicios Sociales.

A estas alturas de la vida, pocas cosas eran capaces de conmoverte, pero aquella imagen era demasiado, hasta para un hombre como tú. Y, sobre todo, porque se trataba de la hija de Malen.

Apretaste los puños dentro de la gabardina.

—Yo me la llevaré.

Tu capitán te miró como si se te hubiese puesto la piel verde. Yo, en cambio, sonreí, conmovido.

—¿*Tú* vas a cuidarla? —hiciste una mueca de hastío ante su asombro.

—No la voy a tirar por las escaleras, si es lo que estás pensando.

—No, Hoffman, no es eso, es sólo que...

—Tú mismo lo dijiste, Howard: tengo una deuda con Broussard.

El hombre miró hacia el cunero. Acaricié su mejilla, no sólo para calmarlo, sino para ayudarlo a considerar que tal vez la oportunidad que tanto había buscado para sacar lo mejor de ti por fin se había presentado, a pesar de que hubiera sido a costa de una injusta sucesión de tragedias.

Además, el más grande defecto de Howard Desdune era que siempre, siempre iba a estar dispuesto a confiar en ti.

Al final, asintió.

CAPÍTULO 12
EL TRABAJO MÁS DIFÍCIL DEL MUNDO

Cuando conociste a tu padre, lo primero que hizo fue mirarte como si le hubieran puesto un cadáver enfrente. La nariz arrugada como si olieras a carne podrida, los puños apretados y listos para enterrarte un bisturí… más que su único hijo, para Ryan Hoffman no significabas otra cosa que un accidente, un desliz que había tenido durante la capacitación militar que impartió en México para la policía federal.

Y tu presencia en su casa fue sólo resultado de la tozudez de tu madre, una mujer que, más que querer un mejor futuro para su hijo, sólo había buscado la forma de deshacerse de ti.

Cualquiera pensaría que tuviste mucho valor por haber aguantado incontables palizas antes de que Servicios Sociales te "rescatara" de aquel animal que tenías por padre, pero la verdad es que, cuando decidiste defenderte, fue a él a quien tuvieron que salvar antes de que terminaras de reventarle la cabeza con el mismo bate con el que te había quebrado una costilla ese día.

Sí. Lo recordabas bien. Howard Desdune, detective en aquel entonces, le había dado los detalles completos a la policía.

Pero los tres años que vinieron después, ahogado en aquel orfanato siendo rechazado por una familia tras otra, por motivos que tenían más que ver con tu edad que con tu mal carácter, tampoco fueron mejores.

No sabías lo que era el amor de un padre y aunque los brazos de tu madre nunca te rompieron un hueso, tampoco supieron darte el afecto que un niño necesita. Y es por eso que en cuanto pusiste a la bebé de Malen sobre tu cama y ella te miró con sus grandes ojos negros, chupándose un puño, no supiste qué hacer.

Era la situación más incómoda que habías enfrentado, sobre todo porque no podías gritarle o mandarla al diablo como solías hacer con quien te ponía tenso. Quisiste fumar un cigarro, pero hasta tú eras lo bastante consciente como para saber que no debías hacerlo con un niño en casa.

—Soy un puto genio —te reprendiste, comenzando a pensar que tal vez no había sido buena idea ofrecerte a cuidar a la bebé.

Te sentaste en un costado de la cama, a una distancia "prudente". Giró su cabeza hacia ti y estiró su manita para alcanzarte, pero tú sólo la miraste con el ceño fruncido.

Definitivamente, algo andaba mal con ella. O al menos, eso pensabas, porque cualquiera que se sintiera cómodo a tu lado debía tener un problema mental.

Desde que la enfermera la despertó, la bebé no había parado de llorar. Se revolvía con furia ante cualquiera que la tomara en brazos y sólo se calmó cuando al fin la cargaste para llevarla a casa.

Quizás el sonido de la lluvia contra las ventanas de tu coche le pareció relajante, porque tampoco se quejó durante todo el trayecto, y menos mal que ningún agente de tránsito te detuvo en el camino por conducir con una menor en el regazo, porque los cabrones del hospital ni siquiera se habían molestado en ofrecerte un portabebés.

—Bueno, sólo es una noche —susurraste—, no vas a darme problemas por unas cuantas horas, ¿no?

No pude hacer menos que comenzar a reír al ver que, en cuanto terminaste esa frase, la bebé comenzó a llorar.

—*Hija de la chingada...*

La levantaste de la cama y la pusiste en tus brazos, pero tus intentos de mecerla fueron tan torpes que incluso casi se te cae. Trataste de visualizar cómo las madres consolaban a los bebés en las películas, pero tenías años sin ver televisión. Y entonces, recordaste que el pediatra había dicho algo sobre alimentarla cada tres horas. Sí, tal vez tenía hambre. ¿Cuánto tiempo había pasado desde que saliste del hospital?

Fuiste a la cocina con la niña en brazos, pero al abrir el refrigerador y tomar el cartón de leche de dudosa caducidad, te detuviste en el acto.

—Un momento —murmuraste—, ¿los niños pueden tomar leche normal?

Me pareciste tan adorable. ¿Cómo podías ser capaz de resolver los crímenes más sangrientos de la ciudad, pero no tenías idea de cómo cuidar a un bebé?

Saliste de la casa, con la niña rompiéndote los tímpanos, y montaste en el coche para ir al Walgreens más cercano, ése al que preferías acudir cuando necesitabas algo en vez de ir a los atiborrados supermercados. La dependienta habría llamado a la policía cuando le gritaste que no tenías ni jodida idea de qué tipo de fórmula de leche necesitabas, de no ser porque tú eras la policía, y te vio tan desesperado que no le quedó de otra más que ayudarte.

Te puso en la caja registradora un suero correspondiente a la edad de la pequeña, un paquete de pañales, toallitas húmedas y, por pura caridad, una revista para madres primerizas.

Ibas a decirle que no necesitabas esa porquería ya que sólo cuidarías a la niña una noche, pero la pagaste de todas maneras. Y una vez que volviste a casa, empezó la verdadera guerra.

Preparar la leche fue toda una odisea, desde el hecho de que te costó tres biberones dar con la fórmula correcta, hasta que casi te quemas las cejas intentando encender una estufa que tenías años sin usar. Y cuando finalmente acercaste la mamila a la boca de la bebé, ésta la rechazó con furia.

—Por Dios, ¿qué carajos te pasa? —exclamaste, al tiempo que hojeabas la revista con los nervios crispados. Estabas a punto de preguntarte si lo que requería era en realidad un exorcismo, cuando escuchaste que llamaron a tu puerta.

En otras circunstancias habrías mandado a la mierda a quien sea que estuviese allí afuera, pero estabas tan desesperado por alejarte del pequeño monstruito que habías traído a casa que dejarla sobre la mesa fue casi reconfortante.

Al abrir, tu vecino, aquel anciano pequeñito que siempre te dejaba algo de comer, miró con sorpresa tu camisa manchada de leche.

—¿Qué diablos quiere? —preguntaste con el biberón aún en la mano. Los llantos de la pequeña retumbaban como una tormenta dentro de tu hogar.

—Buenas noches, detective Hoffman —saludó él con timidez—. Noté que tiene un bebé en casa y me preguntaba si necesitaría ayuda. Lleva un buen rato llorando.

Cerraste los ojos por un segundo para no azotar la puerta en las narices del pobre hombre. Y cuando la niña gritó aún más alto, te hiciste hacia atrás para dejarlo pasar.

—Está allá —dijiste, señalando con la cabeza hacia la cocina.

El anciano no se detuvo a mirar el desastre que había en toda la casa, ni a opinar sobre el hecho de que hubieses dejado a una bebé *sola* sobre la mesa, donde podría rodar y caerse. Tan sólo se acercó a la niña y le sonrió.

—Ah, ya veo —dijo con simpleza, para luego dar media vuelta y caminar de regreso hacia ti. Te pasó de largo y regresó a su casa sin decir una sola palabra, dejándote parado como un idiota en el umbral.

Instantes después, el anciano volvió cargando entre los brazos una gruesa cobija a cuadros de colores. Entró de nuevo a tu casa y envolvió a la pequeña en la manta, para luego pasártela.

—Tenga, abrácela bien contra su pecho y dele unas cuantas palmaditas.

Estabas tan desesperado que no te quedó más remedio que hacerle caso.

De pronto, ella dejó de llorar. Alzaste ambas cejas, sorprendido.

—¿Pero qué brujería hizo? —preguntaste y el viejecillo rio.

—Sólo tenía frío —dijo, encogiéndose de hombros—. Y no puedo culparla, con ese trapo tan delgadito en el que estaba envuelta yo también lo tendría.

Al pensarlo un momento, cobraba sentido; el auto tenía calefacción y tu casa era tan fría que le había sentado mal el cambio de temperatura.

Al ver la ligera manta azul del hospital, tuviste más motivos para querer ahorcarlos, aunque también admitiste que tenías algo de culpa por haberte lanzado a cuidar a una criatura sin tener la más remota idea de cómo hacerlo.

Miraste a la niña y la sensación de tibieza entre tus brazos te reconfortó. Sus mejillas estaban empapadas, por lo que tomaste una esquina de la tela y se las limpiaste con cuidado.

—Bien, ahora, déjeme enseñarle algo más —pidió el anciano, para luego tomar el biberón que habías dejado sobre la barra. Puso unas cuantas gotas en su muñeca y te dijo que aún estaba muy caliente para ella.

Una vez que la templó con algo de agua fría del lavabo, te pasó el biberón para que tú mismo la alimentaras.

Cuando la pequeña se prendió de la mamila y comenzó a hacer esos ruidos propios de un bebé, te dejaste caer en la única silla de tu cocina.

Perseguir criminales y un carajo. *Esto* era lo más agotador que habías hecho en años.

Una vez que te vio en control de la situación, tu vecino sonrió, para dar la media vuelta y salir de tu cocina.

—¡Oiga…!

—Si necesita algo, lo que sea, agente, no dude en pedirme ayuda —interrumpió él con suavidad, sin detenerse—. Para eso somos vecinos.

—Pero sólo…

—Ah y no olvide darle unos golpecitos suaves en la espalda cuando se acabe el biberón. Usted sabe, para que pueda eructar y no le vomite sobre esas gabardinas que tanto le gusta coleccionar.

Sin dejarte replicar, el anciano se marchó. Al mirar a la bebé te sentiste sumamente frustrado, no sólo por no haber podido asumir el control de la situación, sino por mostrarte vulnerable frente al entrometido de tu vecino.

En mi opinión, no tenías por qué ser tan duro contigo. Era la primera vez que te ocupabas de alguien fuera del ámbito profesional, así que resultaba de lo más normal que fueras un completo inútil en ello.

Creo que eso es algo que a los Loas siempre nos ha fascinado de los seres humanos, lo complejos que podían ser hasta para las cosas más simples.

Deseaste con toda tu alma poder fumar un cigarrillo.

Te llevaste a la bebé arriba y te sentaste sobre la cama, con ella sobre tu pecho. No tuviste fuerzas para siquiera ponerte la ropa de dormir y menos aún sabiendo que tal vez deberías levantarte en unas pocas horas a preparar otro biberón.

Cuando ella terminó de comer, la colocaste sobre tu hombro para ayudarla a eructar, tal cual te había dicho el anciano.

La bebé te miró largamente, con esos ojos oscuros de espesas pestañas y chupándose el puño, como si fueses la cosa más interesante que hubiera visto. Era un hecho que nada sabías sobre niños, pero no podías evitar preguntarte por qué ella parecía estar tan tranquila contigo.

—Sólo una noche… —suspiraste, para luego quedarte dormido sin saber que, entre el calmo latido de tu corazón y el peso de tu mano sobre su espalda, había algo en ti que le recordaba mucho a su padre.

CAPÍTULO 13
COMPASIÓN

Al día siguiente, toda la estación te miraba con absoluto asombro cuando entraste con la bebé entre los brazos, envuelta en esa llamativa manta a cuadros. Mientras desfilabas por los cubículos, te preguntaste si te dejarían elegir entre la inyección letal o la silla eléctrica una vez que te sentenciaran a pena de muerte por acabar con la estación de policía entera.

La inyección sonaba bien, menos dramática.

Al llegar a tu cubículo, posaste sobre el archivero la bolsa de plástico del Walgreens donde cargabas el biberón y los pañales y miraste tu horrenda silla con el desbordante deseo de echarte a dormir una siesta.

La bebé te había despertado, puntual como un reloj, cada tres horas para pedirte de comer, y a esas alturas de la migraña ya veías luces de colores. ¿Cómo diablos es que Malen lograba ser padre y asistente de detective al mismo tiempo?

Ibas a poner a la niña sobre el escritorio a modo de pisapapeles —para al fin tener las manos libres—, cuando una joven uniformada se te acercó con una pesada caja entre las manos.

—Detective Hoffman, aquí están las carpetas que solicitó del archivo.

—¿Eh?

Ella dejó caer la carga exactamente en el sitio donde ibas a poner a la niña, lo que te hizo poner los ojos en blanco. Pero al mirar aquel paquete, viste que se trataban de los informes de los bultos vudú. El cansancio se esfumó de tus hombros, aún tenías mucho trabajo por hacer.

—Sostenga esto —le ordenaste a la joven, alargándole a la bebé. Cuando ella la tomó y estuvo fuera de tu alcance, la pequeña comenzó a llorar.

—¡Ay, cariño! ¿Qué sucede? —la agente trató de mecerla, pero ella berreó aún con más fuerza, rechazándola con furia. Desesperada, alzó sus manitas hacia ti.

—Debe ser una broma —te quejaste—, ¡démela!

Al volver a cargarla, la niña dejó de llorar como por arte de magia. Recargó su mejilla llena de lágrimas contra tu pecho y comenzó a chuparse el puño con ansiedad.

La joven agente alzó ambas cejas, incrédula, y como no te gustó para nada su gesto, la despachaste con un seco: "lárguese".

Te sentaste por fin en tu silla y le quitaste el puño de la boca. Cuando ella volvió a metérselo, tomaste una nota mental para conseguirle un chupón.

—Eres un dolor de cabeza, ¿sabes? —la reprendiste, pero ella sólo sonrió detrás de sus nudillos, con todo y los ojos mojados. Se veía tan cómoda allí otra vez, tan tibia que por un momento olvidaste la enorme caja de archivos sobre tu escritorio.

Pensaste en que tal vez necesitarías un babero, otra manta para cuando se ensuciara ésa y ese horrible mameluco de hospital simplemente…

Sacudiste la cabeza. No tenías por qué involucrarte más de la cuenta.

—Buenos días, muchacho, ¿qué tal tu noche?

El saludo de tu capitán sólo sirvió para agudizar tu jaqueca.

—Dios, esta gente quiere verme en prisión... —murmuraste, recuperando tus instintos asesinos—. De la mierda, Howard, ¿qué esperabas?

—Yo no te veo tan mal —dijo con infinita paciencia, para luego inclinarse hacia la niña—. Hola, Olivia, ¿qué tal estás hoy, muñeca?

—¿Olivia? —ella balbuceó con alegría, quizá reconociendo su nombre, cosa que casi te hizo sonreír. No querías admitirlo, pero más allá de los interminables lloriqueos y los pañales embarrados que no supiste cambiar sin llamar a tu vecino en medio de la noche, era una bebé preciosa, con esa mirada tan dulce y el cabello tan oscuro y rizado como el de su padre.

—No hemos localizado a la señora Broussard —dijo tu capitán, sacándote bruscamente de tu secreta ensoñación—. No encontraron ningún boleto a su nombre y sus huellas estaban por todos los objetos en la casa.

No necesitaba confirmártelo. Para ti ya era más que evidente que ella había sido la responsable de aquel desastre.

—Vamos a seguir buscándola —añadió—, pero si pudiera, yo cerraría el caso como abandono. Pobre criatura.

—Ya —susurraste y por primera vez, guardándote tus comentarios mordaces.

—Por cierto, llamaron los de Servicios Sociales —mencionó tu capitán.

—¿Qué te dijeron esas víboras?

—Que no podrán venir por ella hoy, están saturados, y como les dije que un agente la estaba cuidando, se lo tomarán con calma.

—¡Ja! Saturados mis cojones. Si hubiéramos sacado a la niña de Lakewood, habrían derribado mi puerta anoche con tal de arrancármela de las manos.

—Basta, Hoffman. No tienes que tomarte todo tan personal.

—Claro, cuando eres pobre o emigrante, nunca tienes por qué.

Tu capitán no agregó nada más porque, en el fondo, sabía que tenías razón. Sin deseos de darte más guerra, alargó las manos hacia la bebé para cargarla.

—Vamos a mi oficina a hablarlo antes de que te pongas a hacer tu trabajo.

Una vez más, la niña comenzó a hacer gestos de desagrado; pataleó y gimoteó en señal de que no quería irse con tu jefe. El hombre te miró sorprendido.

—Hum, vi que tampoco le hizo mucha gracia que la agente la cargara.

Por inercia, le diste un par de palmaditas en la espalda, cosa que bastó para calmarla. Tu capitán alzó ambas cejas.

Eso definitivamente era nuevo.

—Entonces, ¿qué me dices, muchacho? —prosiguió—. ¿Crees que puedas cuidarla unos días más? Se ve que le agradas mucho, y tú no pareces estar muy incómodo con ella. Llévate el trabajo a casa si eso ayuda.

Te encogiste de hombros, porque también para ti era una situación de lo más extraña. Peculiar, pero no desagradable, que era lo que más te desconcertaba.

Miraste a la bebé y ella te sonrió, estirando sus manitas hacia tu cara para tocarte. Estaba pegajosa de baba y todavía no olía tan bien como se supone que un bebé debía hacerlo, pero no te molestó.

Era la primera vez que alguien prefería estar contigo que con el resto de las personas. Y eso comenzaba a despertar en ti un dejo de satisfacción.

CAPÍTULO 14
REFLEJOS Y LUGARES

Al llegar a casa, fue evidente que algo no iba a funcionar. Con Olivia sobre el hombro y el paraguas chorreante en la mano, te abriste paso por el corredor con dificultad, y a cada zancada que dabas eras más y más consciente de tu cuestionable estilo de vida. Por primera vez, sentiste vergüenza de tu falta de orden, tanta, que hasta le perdonaste a la bebé que te hubiese dejado el cuello de la gabardina babeado. Si bien tú podías vivir en medio de pilas de ropa y basura, con una niña en casa el desorden cotidiano se transformaba en un verdadero problema.

Una vez que lograste sentarla contra la cabecera de tu cama, te quitaste la gabardina y enrollaste las mangas de tu camisa. Con un suspiro de irritación, empezaste a recoger la ropa del piso, a doblar la que estaba limpia y separar la que necesitaba una lavada, todo bajo la mirada vigilante de la bebé.

—No me juzgues, desgraciada —le recriminaste—. Si tuvieras un trabajo tan jodido como el mío tampoco tendrías tiempo de arreglar tu chiquero.

Como respuesta, ella cayó hacia adelante por el peso de su cabeza y balbuceó contra la colcha.

—Sí. Ya sé que estoy poniendo excusas —dijiste sin entender por qué estabas hablando con una criatura que tampoco comprendía absolutamente nada de lo que le decías. Tal vez era porque te recordaba tanto a Malen que sentías que era con él con quien conversabas.

No lo ibas a negar. Lo echabas de menos.

Al terminar de recoger el desastre y descubrir que tenías un bonito tapete persa debajo de toda la ropa, recordaste que el pediatra te había sugerido darle un baño a la bebé en cuanto tuvieras oportunidad.

Por un momento, te preguntaste si bastaría con sacarla a remojar en la lluvia, pero decidiste llevarla al lavabo de la cocina, el único sitio de tu casa donde era viable bañarla, ya que no tenías tina. Pero al entrar, perdiste el aliento al ver la pila de trastos que cubrían tanto la barra como la tarja. Tampoco tenías champú de bebé o siquiera un cambio de ropa, y al pensar en que debías alimentarla después de la cena se te vino a la mente que, según la estúpida revista de madres primerizas, por su edad también debías darle algo de papilla, además de la fórmula.

El sólo pensar en que tenías que ir de vuelta al jodido Walgreens a comprar todo eso casi te hace querer meter a la niña en el microondas y olvidarte de ella.

Tomaste a Olivia de las axilas para levantarla frente a ti.

—¿Ves todos los problemas que causas? Ahora por tu culpa tengo que poner en orden mi maldita casa y preocuparme por algo que no sea llegar vivo a la cena —le reclamaste, pero ella sólo pataleó de alegría al sentirse suspendida en el aire.

Por alguna extraña razón, te acordaste mucho de la madre de tu terapeuta.

Te echaste a la niña de nuevo al hombro, tomando nota de conseguir un portabebés para por fin recuperar tus brazos, y te pusiste en marcha hacia el auto.

Estabas tan concentrado en hacer una lista mental de las cosas que tenías que comprar, que te olvidaste completamente de la caja de archivos que aguardaba por tu atención en el maletero del coche.

✦ ✦ ✦

Al dejar las enormes bolsas de supermercado sobre la mesa —con todo y Olivia dentro de una de ellas, ya que los brazos no te habían dado para más—, miraste un largo segundo todo lo que habías adquirido y te apretaste el puente de la nariz.

Habías olvidado el jodido portabebés.

—Seré imbécil —rabiaste en voz baja—, ¿por qué carajos me tomo tantas molestias?

Sacaste a Olivia de su bolsa y, como si fuese una compra más, la alineaste en la mesa junto a los dos mamelucos afelpados, los chupones, las latas de fórmula, las mantas, las toallitas húmedas y hasta las verduras frescas que habías comprado para preparar papillas.

Tu irritación no era por el dinero que habías gastado. Eras el detective mejor pagado de tu distrito y tu gusto por acumular ropa no representaba un gasto significativo, considerando que más allá de eso sólo usabas lo justo para pagar las cuentas y sobrevivir. El problema era que habías comprado las suficientes cosas para que la niña se quedara un mes entero en casa, y poco te había faltado para haber comprado esa preciosa cuna blanca que miraste de arriba abajo por casi diez minutos.

Era estúpido. Por más que te agradara la compañía de Olivia —sí, aunque lo admitieras entre dientes— y el hecho de que ella también parecía tener un curioso apego por ti, no sabías cuánto tiempo se quedaría contigo. Podían reclamarla en un mes, en una semana o mañana mismo y tendrías qué entregarla, tirando todo tu esfuerzo a la basura.

Pero lo peor es que no sabías cuál de las dos ideas te incomodaba más, y eso... oh, sí, *eso* era un problema.

En los doce años que llevabas conduciéndote tanto con niños como con adultos, jamás habías asumido lugares que no te correspondían. Eras frío y calculador hasta para simular ser amable en situaciones de riesgo, y jamás ponías en juego tu credibilidad como detective dejándote llevar por la compasión que llegaras a tener por las víctimas porque, para empezar, nunca te permitías sentirla.

Pero allí estabas, enojándote porque justamente estabas haciendo eso. Olivia había quedado huérfana de padre, su madre la había abandonado y ahora tú te portabas como un "pendejo" encargándote de ella más de lo necesario aun cuando, muy en el fondo, sabías muy bien que no tenías por qué hacerlo.

Desde que habías levantado a esa niña del cesto de ropa sucia, un fuerte instinto despertó dentro de ti, algo que te impedía ver y *sentir* las cosas con objetividad y eso era muy peligroso para alguien con tu profesión.

O, en realidad, para alguien tan miserable como tú, porque más allá de que no era tu trabajo ni tu obligación... Olivia *no era tu bebé.*

—Basta. Llamaré a Servicios mañana mismo —murmuraste, decidido a cortar con el problema de raíz, repitiéndote una y otra vez que tu deuda con Malen eran esos bultos, no su hija. Y vamos, en eso yo te daba la razón.

Te quitaste la gabardina y la echaste sobre la mesa, a un lado de la pequeña. Te remangaste la camisa de nuevo y escogiste uno de los mamelucos afelpados que habías comprado para por fin quitarle ese asqueroso trapo de hospital. No te convencía mucho la calidad de la tela, pero era lo mejor que habías conseguido allí a pesar de que habías decidido ir a un supermercado más grande esta vez, así que tal vez mañana podrías pasarte a una tienda departamental decente y...

Oh, allí ibas de nuevo.

Pero cuando le quitaste el horrendo trajecito de hospital para darle un necesario baño, quedaste inmóvil, con la prenda entre las manos.

Marcas moradas de varios dedos se revelaron sobre los bracitos y el pecho de Olivia, despojos de ira que manchaban la delicada piel de la bebé de arriba abajo con una crueldad que te dejó helado.

No las habías visto hasta ahora, puesto que no le habías desabrochado el mameluco más allá de lo necesario para cambiarle el pañal.

También había marcas de uñas alrededor de sus hombros.

Tal vez la pobrecita había estado llorando mucho, y la mujer que la había parido no había encontrado una mejor forma de hacerla callar que abusando de ella, desahogando su rabia con una criaturita que no tenía forma de defenderse.

Apretaste los puños con la más intensa y justa rabia, y te preguntaste si aquello habría sido producto de la desesperación de Rose Broussard ante la muerte de su esposo o si no era la primera vez que lastimaba a su hija. Esperabas que fuese la primera opción porque, de lo contrario, tu estima por Malen caería en picada al enterarte que había permitido que le hicieran daño a su bebé.

Al ver que casi hacías trizas el traje afelpado entre tus dedos, por primera vez odiaste con todas tus fuerzas el tener la capacidad de deducir todo eso, porque una cosa era ver un cadáver inerte, sin vida y sin esperanza, pero otra muy distinta era presenciar cómo una pequeñita inocente te sonreía mientras su cuerpo estaba marcado por la violencia. Saber que sus primeros respiros de vida habían exhalado sufrimiento te resultaba insoportable.

Dejaste el mameluco a un lado y fuiste rápidamente hacia el baño para buscar una pomada, aquella que tenías a la mano cuando necesitabas tratar tus propias heridas después de un enfrentamiento.

Olivia me siguió con la mirada cuando me coloqué alrededor de ella a modo de nido para evitar que rodara de la mesa, ansiosa de alcanzar la reluciente placa que sobresalía del bolsillo de tu gabardina. Lamí su mejilla y se carcajeó por las caricias.

Volviste a zancadas, con el frasco ya abierto entre las manos.

—Muy bien, mocosa, veamos...

Tomaste un poco del ungüento y, con extremo cuidado, comenzaste a untarlo en las heridas. Ella frunció los labios y pataleó un poco entre balbuceos, seguramente aún incómoda por la sensibilidad, pero no derramó ni una lágrima.

—Así que eres más bravucona de lo que pareces, ¿eh? —dijiste con una media sonrisa—. En eso te pareces a tu padre. La mitad de mi departamento ya se habría puesto a chillar en tu lugar.

Olivia comenzó a reír cuando le acariciaste la barriga en un gesto que, para ser tan insólito, te salió muy natural. La sonrisa se te borró de la cara y te odiaste todavía más por creer que Malen sería capaz de permitir que dañaran a su hija.

Más allá de sus recientes heridas, Olivia era una niña sana y alegre, no manifestaba signos de maltrato constante y si le habían ocurrido esas monstruosidades era sólo porque su papá ya no había estado allí para protegerla.

Aquel pensamiento te lastimó tanto que soltaste a la bebé de pronto, como si quisieras evitar que ese sentimiento también la alcanzara.

—Lo siento mucho, Olivia —susurraste—. No cuidé bien a Broussard, fui un completo animal con él y ahora por eso estás sola.

La idea fue tan abrumadora que tuviste que arrastrar la silla para sentarte un momento. Recargaste la frente contra tu palma y apretaste la mandíbula con rabia.

Y entonces, te comprendí un poco más. Tal vez estabas tan acostumbrado a la violencia que ésta ya no te hacía ni cosquillas, pero el amor era tan desconocido para ti y te dolían tanto los cambios que conllevaba que preferías no sentirlo.

Olivia levantó su brazo hacia ti y miraste un momento su manita abrirse y cerrarse con ansiedad. Te rendiste y por fin dejaste que se aferrara a uno de tus dedos.

Ese gesto, tan pequeñito e insignificante, fue mucho más reconfortante que todos los pésames que habías escuchado en los últimos días. No podías entender cómo alguien estaba tan jodido para ponerle una mano encima a esa niña, ya que ni siquiera "un hombre tan terrible como tú" tendría la vileza de hacer algo semejante.

Me hubiese gustado mucho que entendieras que eras la mejor persona que podías ser con las condiciones con las que te había tratado la vida. Y eso era muy digno, por mucho que quisieras negarlo.

Permaneciste mirando hacia la ventana un rato, simplemente observando la lluvia. Pero cuando volviste a la realidad y regresaste la atención a la mesa, Olivia había alcanzado tu placa y ya la estaba chupeteando.

—¡Dios, deja eso, *taruga*! Aquí hay una cochinada que sí puedes morder —dijiste, revolviendo las bolsas hasta sacar una mordedera de silicona en forma de rosquilla que se parecía mucho a los dibujos de la taza que Malen siempre ponía en tu escritorio. Le diste una lavada rápida y se la entregaste, pero al parecer, la placa le parecía más sabrosa, porque rodó sobre sí y te dio la espalda para evitar que se la quitaras.

A su modo, te había mandado al diablo.

La miraste con las cejas alzadas por unos segundos y luego, comenzaste a reír.

Levanté el cuello y ladeé la cabeza, sorprendido, porque era la primera vez que te veía hacerlo de una forma tan honesta y natural, sin una pizca de hostilidad o sarcasmo.

En ese momento entendiste que, aunque Olivia no fuera tu hija, sí que tenían cosas en común.

CAPÍTULO 15
ABANDONO

Un par de semanas después, la caja de archivos seguía en el maletero de tu coche.

Mientras terminabas de pintar de rosa pálido la pequeña habitación que tenías al lado de la tuya, ésa que a veces usabas de oficina, pensaste en eso por casualidad. Bajaste la brocha al comprender que, desde que decidiste no llamar a Servicios Sociales y quedarte un poco más con Olivia, te la habías pasado limpiando, lavando y sacando basura hasta el punto de, si bien no olvidarte de los casos por completo, sí mantenerte lo bastante ocupado para preferir ignorarlos.

A cambio, tu hogar se había transformado. No sólo desarrollaste el importante hábito de mantener la tarja despejada de platos sucios y el de poner los desechos en su lugar, sino que hasta compraste sillas nuevas, una alfombra decente para la sala donde la bebé pudiera arrastrarse a sus anchas y una sillita alta para darle de comer, así como procurabas tener el refrigerador bien equipado de comida fresca.

Aunque el alimento de ella se limitaba a fórmula y papillas nutritivas, que aprendiste a preparar después de cientos de horrorosos intentos, tú también empezaste a alimentarte mejor con la idea de que debías darle un buen ejemplo a Olivia.

Me pareció maravilloso ver que todo lo hacías de forma intuitiva, guiándote puramente por ese instinto tan poderoso que no sabías que tenías tan arraigado dentro de ti. Me recordabas mucho a los caimanes hembra, con hocicos feos y llenos de dientes afilados, pero lo bastante cuidadosas para cargar a sus crías dentro de ellos sin lastimarlos.

La bebé balbuceó desde la entrada del cuarto; estaba sentada en su bonita cuna blanca, la cual habías sacado al pasillo en lo que terminabas de pintar la habitación. Había sido bastante costosa, pero no te importó, ya que preferías que ella tuviera un sitio seguro donde dormir a arriesgarte a aplastarla en la noche con tu peso; el caso de la mujer que había asfixiado a su hijo "mientras dormía" te había dejado ese mensaje bien claro en el inconsciente.

Cuando Olivia movió de arriba abajo un pequeño peluche contra los barrotes, sonreíste al ver que te estaba imitando.

El muñeco te recordó que necesitabas poner una estantería; tu vecino le había regalado una bolsa enorme de juguetes a la niña la semana pasada y como alinearlos en tu cama para dormir abrazado a ellos no era una opción, ibas a necesitar colocarlos en un sitio más decente que el suelo.

Nunca habías visto que el viejo recibiera visitas, pero parecía saber mucho sobre niños pequeños y siempre te sacaba de apuros cuando se trataba de la bebé. El hecho de que los juguetes fuesen tan anticuados te había dado una pista del por qué, pero sólo le permitiste pasar más de diez minutos en tu casa después de revisar sus antecedentes y descubrir que era simplemente un anciano solitario.

No te gustaba tener que compartir tu espacio con alguien que se la pasaba rondando tu cocina a la velocidad de una oruga, pero lo hacías por Olivia, y porque era la única persona a la que más o menos ella toleraba cuando no se trataba de ti.

La bebé berreó un poco más para llamar tu atención y aunque ibas a ignorarla para seguir con tu trabajo, te miró de una forma tan linda que no pudiste resistirte. Dejaste la brocha a un lado y fuiste hacia la pequeña para sacarla de la cuna.

—Algún día voy a arrestarte por chantajear a un policía —le dijiste mientras la llevabas a tu habitación. Allí, observaste con los labios apretados el traje negro que habías dejado sobre la cama, junto con un cambio de ropa para ella también.

Ese día era el funeral de Malen Broussard.

Después de vestir a ambos y poner a la niña en su reluciente portabebés nuevo, instalado en la parte trasera de tu coche, condujiste hacia una modesta capilla cerca de la zona baja de Ninth Ward. Tu compañero había sido asesinado tres semanas atrás, pero la ceremonia apenas se había llevado a cabo ese día, con arreglos florales económicos y un presupuesto para la cremación cubierto sólo por la buena voluntad del departamento de policía, ya que el pobre hombre no tenía ahorros ni contaba con seguro de gastos funerarios.

Los habría tenido si le hubieses dado el puesto de compañero, un clavo más para poner en tu ataúd de culpas.

Cuando llegaste al sitio, te encontraste con Alphonine en la entrada. La mujer se sorprendió mucho de ver a la niña contigo.

—No creí verlo por aquí, detective —te dijo.

—Ni yo —respondiste, bajando a la bebé del asiento y envolviéndola bien en una manta gruesa—. No me moría de ganas.

En realidad no te gustaba la idea de que lo último que Olivia viese de su padre fuera su rostro conservado por el formol, pero a pesar de la cercanía que habías desarrollado con ella —porque tenías miedo de llamarlo de otra manera—, aún eras muy consciente de que no eras quién para decidir ciertas cosas.

—Ya veo —susurró la antropóloga, asombrada de lo bien que te veías, no sólo con la ropa formal, sino con una bebé en brazos, tanto que, si no te hizo un cumplido fue porque de seguro se lo agradecerías con un insulto.

Tu capitán también se acercó, y junto con él y Alphonine, entraste a la capilla.

De inmediato encontraste el lugar deprimente. No por la sencillez del espacio sino porque sabías que la única pariente de Malen que estaba asistiendo a su funeral era su propia hija.

Malen había nacido en Jackson, no en Nueva Orleans, por lo que toda su familia de sangre se encontraba allá y, al parecer, su muerte no fue suficiente razón para hacerlos dejar su ciudad unos días. Ni su muerte, ni su hija huérfana, porque si bien ninguno de ellos había siquiera preguntado por la custodia, vaya que les interesaba saber a nombre de quién se había quedado la casa de tu asistente.

Para ti estaba bien. De todas maneras, no les habrías entregado la bebé a esos "bastardos" aunque te la hubiesen pedido de rodillas.

Durante toda la ceremonia, un montón de personas se acercaron a ti para saludarla, lo cual toleraste con increíble entereza aún cuando no dejabas de pensar en que lo único que veían en ella era el recuerdo de un hombre al que alguna vez habían saludado en el trabajo, pero nada más.

Al igual que a su familia, Olivia no significaba nada para ellos.

Cuando finalmente fue tu turno y el de la niña de despedirse de Malen, tu capitán te detuvo a unos pasos del féretro, pero no te miró a la cara. El hombre había estado serio, casi cortante desde que habías llegado.

—Servicios Sociales llamó anoche —susurró con cuidado—. Ya tienen espacio así que, cuando estés listo, quieren que los llames.

No respondiste, porque fue como si aquellas palabras te hubiesen sacado el aire de pronto.

Miraste hacia el féretro; la única persona que había querido a Olivia estaba allí, y después de él, a la nena sólo le esperaba una cuna fría. Un camastro duro en un orfanato. Una vida sin amor.

Retrocediste, con una mano sobre la cabecita de Olivia para que no la girara hacia el cadáver de su padre.

—¿Hoffman?

Ni siquiera miraste atrás. Tan sólo diste media vuelta y te marchaste de la capilla, protegiendo a la bebé de la lluvia que una vez más comenzaba a asolar la ciudad.

Para todo el mundo era evidente lo que te estaba sucediendo, pero no fue hasta ese día que tú también empezaste a percatarte de ello. Tal vez no compartían un lazo de sangre, tal vez no eras nadie para decidir qué era lo mejor para ella... pero tú eras lo único que ahora Olivia tenía en el mundo. Y aunque fuera difícil creerlo, en su vasta inocencia y ternura, ella también lo sabía.

CAPÍTULO 16
DOS BESTIAS HERIDAS

Cualquiera pensaría que, para un hombre de tu tempe-
ramento, cambiar un pañal sería algo que encontrarías
muy desagradable. Pero habías pasado tanto tiempo oliendo
cadáveres en descomposición que eso era lo que menos podría incomodarte: pieles, órganos, sangre, tripas... siempre he
estado convencido de que, en alguna otra vida, habrías sido
un excelente santero.

Justamente estabas terminando de cambiarle el pañal a
Olivia cuando escuchaste que alguien tocó el timbre. Y como
solías hacer la gran mayoría de las veces que alguien llamaba
a tu puerta, lo ignoraste.

—¡Eh!, quédate quieta —pediste a la bebé, ya que ella
no dejaba de mover las piernas como si de pronto se sintiese
incómoda.

Tocaron una, dos, tres veces más hasta que lograron sacarte de tus casillas.

—Maldita sea, ¡ya voy, carajo!

Cerraste el mameluco de Olivia y la pusiste en la cuna
con cuidado, susurrándole un "no me tardo". Cerraste el velo
de la cuna y te aseguraste de poner en tu bolsillo la radio
del monitor de bebés que habías conseguido hace poco, para

luego asomarte por las escaleras. Al ver una patrulla a través del ventanal de tu sala, alzaste una ceja, preguntándote qué podría ser tan urgente para que fueran a joderte a tu propia casa a esas horas, justo después del funeral de Malen.

Te seguí escaleras abajo y al abrir la puerta permaneciste estático un segundo, sin poder creer quién se encontraba del otro lado.

—¿Qué mierda haces *tú* aquí?

Las palabras te salieron con tanto veneno que me sorprendió mucho que el inestable joven frente a ti no hubiese reaccionado con la misma hostilidad.

Tared Miller gruñó por lo bajo y, por puro instinto, diste un paso adelante y cerraste la puerta de tu casa a tus espaldas.

—No crea que me hace mucha gracia venir a verlo, detective Hoffman —contestó—. Estoy aquí porque el departamento me envió.

El minesotano te extendió una carpeta. Entornaste la mirada y se la arrebataste, pero al leer la primera hoja, te arrepentiste de no haberlo mandado a la mierda desde el principio.

Era una orden de trabajo.

—¿Qué diablos significa esto? —exclamaste, porque se trataba de un caso totalmente distinto al de los bultos.

—Que se acabaron sus vacaciones, detective —contestó—. El Estado quiere que regrese a la comisaría.

—¿Quién carajos dice que no estoy trabajando? —contestaste con los dientes apretados.

—No ha vuelto a la oficina en tres semanas —dijo el chico con una calma que, al igual que tú, sabía disimular muy bien.

—Porque me he traído el jodido trabajo a casa, niño estrella.

Miller entrecerró los ojos y ladeó la cabeza, para luego virar un poco hacia un costado del porche. Aquel gesto crispó tus nervios, porque te dio la impresión de que había mirado hacia el maletero de tu coche.

—¿Se le da bien mentir, detective Hoffman?

Por unos momentos, te quedaste sin palabras. ¿Cómo diablos había…?

Al ver que sólo respondías arrugando la carpeta entre tus puños, el hombre sonrió, puesto que tu rabia le había dado la razón.

—Ya decía yo —dijo con una sonrisa somera—. Puedo *oler* la mentira bastante bien, ¿sabe? Y usted apesta más que un jodido contenedor de basura.

Le arrojaste la carpeta al pecho con brusquedad; las hojas se desperdigaron por tu porche.

—Regresa a la miserable cloaca de donde saliste, Miller —espetaste—. No tengo por qué dar explicaciones a un cabrón engreído como tú.

—No son para mí —susurró, cada vez con menos deseos de aguantarte—. Son para el superintendente.

Echaste la cabeza ligeramente hacia atrás. No era normal que el hombre te buscara directamente para asignarte un caso, todo proceso pasaba antes por…

—¿Qué hay del capitán Desdune?

El joven alzó ambas cejas.

—¿No lo sabe? —respondió—. Está en periodo de prueba… *por culpa suya.*

El color de tu cara se esfumó al escuchar aquello. Le quitaste la mirada de encima a Miller y entendiste su actitud de esa mañana.

—El departamento cree que el capitán le da a usted un trato especial, detective —añadió—, y aunque lo último que quieren es echar a cualquiera de los dos, parece ser que han encontrado una manera de apretarle la correa.

Aquello fue demasiado. Recuperaste el color de tu cara y diste un paso hacia el joven con los puños apretados.

—¿A qué has venido en verdad, Miller? —preguntaste entre dientes—, ¿a joderme el día? Porque el funeral de Broussard ya lo había hecho.

La sonrisa del joven palideció al igual que su enojo. Miró hacia abajo y, por unos instantes, casi no lo reconociste. Era como si la bestia en su interior se hubiese retraído y ahora sólo quedara frente a ti un hombre desesperado por no saber cómo controlar sus emociones y encontrar la paz interna.

Una pena que nada de eso fuese capaz de conmoverte.

—Lamento su pérdida, detective Hoffman —dijo con sinceridad—. Yo sólo vine a entregar el mensaje. Eso es todo.

—Pues métetelo donde te parezca más cómodo y déjame en paz, Miller —siseaste—. Y dile al puto departamento que se vaya a la mierda también. Yo ya estoy ocupándome de un caso y no necesito uno nuevo.

Tared Miller suspiró y levantó las hojas, sin avergonzarse de poner una rodilla en el suelo para hacerlo.

Algo en la humildad de ese gesto me gustó mucho. Para mí, ese hombre era como el ojo de un huracán. Calmo, paciente, pero rodeado de tormentas a la espera de destrozarlo todo.

Se levantó, con la misma dignidad con la que se había inclinado y se puso la carpeta bajo el brazo.

—Entonces, supongo que le parecerá bien que me lleve esto y empiece a trabajar en el caso por mi cuenta, ¿cierto? —dijo con resignación.

Aquello fue como un chispazo sobre gasolina para ti.

—*¿Qué?*

En el instante en que vio la confusión en tu rostro, el joven supo que no lo habían mandado para recordarte tu deber.

Era el chivo expiatorio de tu ira.

Respiró profundo y su ruidosa exhalación te pareció más un acto de bravuconería que un intento por mantener la calma.

—Sabe muy bien que el capitán quería que trabajara para usted —dijo, al límite de su tolerancia—. El superintendente se enteró del "tranquilo" encuentro que tuvimos en la comisaría, y cuando Broussard falleció...

Se te bloquearon los oídos. Malen no tenía ni un mes de haber muerto y ya habían decidido meterte con calzador a un imbécil en el que no confiabas en absoluto. Y sin tomarse la molestia de siquiera preguntarte.

—Y una mierda —cortaste—, no te quiero cerca de mí ni de mi jodida oficina.

Tared Miller decidió que ya era suficiente.

—Lo dice como si me hiciera feliz trabajar para un cabrón como usted —espetó.

—Pues entonces regresa a lamerle un poco más las botas al superintendente para que te asigne a otro jodido lugar.

—¡Vaya usted a hacerlo si tanto le importa, carajo!

—¿O qué? —exclamaste—. ¡¿Vas a hacerme *lo mismo que le hiciste a ella*, malnacido?!

¡Ay, Hoffman! ¡La forma en la que me retorcí ante tus palabras!

Pero cuando la fuerza de Miller te embistió, esta vez estuviste preparado.

Sus dedos se enroscaron alrededor de tu cuello en un movimiento más impulsado por la furia que por el cerebro. Antes de que empezara a estrangularte, pusiste tus muñecas sobre la coyuntura de su antebrazo y, con fuerza, tiraste hacia abajo. En cuanto el joven se inclinó por el estirón, soltaste un rodillazo en su estómago que lo dejó sin aire.

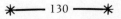

No lo dejaste escapar. Tomaste su muñeca, la torciste y lo hiciste girar hasta estamparlo contra la puerta, con el rostro directo hacia la madera.

El joven jadeó ante el impacto.

—Estuve revisando tu historial, Miller —dijiste a su oído mientras sostenías su brazo contra su espalda—. Y déjame decirte que no me tragué ni una palabra del *conveniente* informe; ya decía yo que esa miserable cara de que no matas una mosca era una fachada.

El hombre plantó una pierna en el suelo y metió la otra entre las tuyas; te torció el tobillo con su empeine para hacerte tambalear y luego, bastó un cabezazo hacia atrás, a tu frente, para que lo soltaras.

Se giró rápidamente y te tomó del cuello de la camisa. En menos de un segundo ahora era él quien te tenía contra la puerta.

—¡ERES UN MALDITO CERDO! —exclamó, furioso.

Tu gancho derecho a las costillas le hizo soltar un bramido con esa ferocidad que tanto te recordaba a la de una bestia. Pero a pesar del violento golpe, de lo mucho que tus nudillos vibraron al estamparse contra sus huesos, él no se movió un ápice.

Era como si hubieses golpeado una roca.

Sus ojos azules brillaron, semejantes a un trueno reventando entre las nubes. El puñetazo conectó con tanta fuerza en tu mandíbula que de inmediato probaste el sabor de la sangre. Y cuando te sujetó de la camisa y te estampó contra la puerta, el picaporte cedió y se abrió ante el impacto.

Con semejante empujón, me sorprendió que no te hubiese partido la espalda.

Caíste sobre el pasillo, azorado por la brutal fuerza de aquel hombre. Él apretó los costados del marco de metal entre sus manos y se asomó por el umbral.

Estaba tan rojo que creíste que las venas de su cuello reventarían, pero lo que realmente te dejó pasmado fue vislumbrar los largos, *muy largos* caninos que asomaban en sus encías.

Otra vez creíste que estabas alucinando.

Y justo cuando el chico iba a lanzarse sobre ti, el llanto de Olivia lo hizo detenerse. Parpadeó un par de veces, sacudió la cabeza, como si se recuperara de un trance, y retrocedió. Sus pupilas se dilataron al ver la sangre que manaba de tus labios, como si apenas se hubiera dado cuenta de que estaba allí.

Te recargaste sobre tu codo derecho y escupiste a un costado.

—Si pones un pie en mi casa, te volaré los sesos, cabrón —amenazaste, llevando tu mano al bolsillo donde habías puesto el radio del monitor de bebés con la esperanza de simular la silueta de un arma.

Pero él no parecía escucharte; estaba catatónico, mirando con fijeza tu camisa manchada de rojo. De pronto, dio la media vuelta y se marchó a zancadas hacia su patrulla. Arrancó bajo la tormenta, dejándote con el llanto de la niña de fondo.

Ya no tuviste deseos de ir tras él para continuar con la pelea.

—Soy un enorme imbécil —te recriminaste al tiempo que con dificultad te incorporabas. Al sentir el dolor en tu mandíbula, te quedó claro que tuviste mucha suerte de que las cosas no hubiesen llegado más lejos; habías provocado a aquel joven en la entrada de tu casa, dejando expuesta a Olivia si algo te llegaba a suceder.

Estabas a punto de desquitar tu ira azotando la puerta, cuando te detuviste al mirarla. Específicamente, hacia las partes donde el cadete había puesto sus manos.

Como si estuviese hecho de arcilla, las marcas de los dedos de Tared Miller habían quedado perfectamente grabadas en el sólido marco de hierro.

CAPÍTULO 17
AYUDA MILAGROSA

Aunque hubieses preferido pasar todo el mes en casa echando pestes sobre aquel atormentado muchacho, volviste a la oficina al día siguiente con todo y la caja de archivos. No estabas dispuesto a seguir arriesgando el trabajo de tu capitán; habías tenido suficiente con el asunto de Malen como para añadir una culpa más sobre tus hombros.

Y aunque no le mencionaste el agradable encuentro que habías tenido con el joven Miller la noche anterior, el moretón en tu mandíbula le hizo imaginar lo que había sucedido. Tu jefe tuvo el suficiente buen juicio para no intervenir porque, por suerte, el chico tampoco había hablado.

Aunque en el fondo te sentías motivado para volver a trabajar, las primeras semanas fueron una completa tortura. Todo el personal de la comisaría se acercaba a tu escritorio para entretenerse con la pequeña Olivia Broussard.

No era común que un agente llevase a sus hijos al trabajo con tanta regularidad, pero moviendo algunos hilos y apelando a la difícil situación de la niña, lograste que hicieran contigo una excepción temporal. La presencia de la bebé cambió mucho el ambiente a tu alrededor.

No sólo era su carisma adorable y su tremendo ángel que tenía a todo mundo pellizcándole las mejillas y haciéndole cariños en la barriga —cosa que tolerabas siempre y cuando no pretendieran quitártela de los brazos—, sino que a todos les parecía tan insólito que te hubieses prestado para cuidar a una bebita, que necesitaban observarlo de cerca para confirmar que no estuvieran delirando. Verte todo el día recolectando información y haciendo llamadas con tu boca de caimán mientras cargabas a la niña en el regazo, la alimentabas o la mecías en su cuna portátil, hacía de todo aquello algo todavía más increíble.

Y algo que no te ayudaba en nada a soportar tanta atención era el haber retomado el caso de los bultos. No habías vuelto a encontrar más de esos artilugios desde la última vez. Tener a Olivia contigo no te facilitaba mucho el que pudieras viajar de una locación a otra cargando una pala y un pico, pero no estabas dispuesto a dejarla en alguna guardería o con alguien que la cuidara por ti, y aunque en algún momento contemplaste la idea de enredarte un rebozo para poder cavar con todo y la bebé a tus espaldas, lograste comprender que nada ganarías encontrando más de esos bultos si los nueve que ya tenías no arrojaban una pista que seguir primero.

Y un buen día, después de leer por décima vez cada detalle de los reportes de los crímenes, desde los perfiles de las familias hasta el último informe forense sobre los cadáveres, diste con un dato que te dejó convencido de que algo increíblemente extraño sucedía con esos artilugios.

Todos los casos, a excepción del de las hermanas, el de la mujer de la televisión y un par más, tenían algo sorprendente en común: según los reportes forenses, los cuerpos de los niños asesinados ya habían entrado en algún estado de descomposición al momento de ingresar en los hospitales. Como si, incluso antes de haber sido "asesinados", ellos llevasen ya algún tiempo muertos.

Al igual que el hijo del traficante.

Pero la correlación no se limitaba a eso. Todos esos casos tenían las siete botellas de ron de su respectivo bulto completamente vacías, mientras que el resto tenían por lo menos una con algo del licor. Según las muestras que mandaste pedir al laboratorio, el ron no era lo bastante volátil para evaporarse con facilidad y las mamilas sellaban bien, así que la cantidad de líquido que había en los recipientes no era una casualidad.

Comenzaste a hacer conexiones y, de alguna manera, tu cabeza no dejaba de pensar en esos horrendos biberones, sintiendo que algo se te estaba escapando. ¿Los asesinos los envenenaban con el licor y tal vez la cantidad indicaba cuánto se había necesitado para matarlos?

Pero la pregunta más importante de todas era: ¿cómo es que ninguno de los otros familiares habían notado que los niños llevaban ya tanto tiempo muertos? ¿Era acaso alguna especie de droga que los mantenía con vida mientras sus cuerpos comenzaban a descomponerse? O al revés: ¿una sustancia que los hacía parecer vivos aunque ya no lo estuviesen?

No. Intentabas plantear explicaciones racionales, pero cada una parecía más descabellada que la anterior, y lo peor es que las semanas pasaron sin que pudieras hacer algún avance importante, tanto que tuviste que ocuparte de otros casos mucho menos complicados para poder compensar tus horas de trabajo en la oficina y seguir manteniendo el privilegio de llevar a Olivia contigo a todas partes.

Comenzabas a agotar tus energías y la persona que más podía ayudarte ya no respondía a tus llamadas.

Habías enviado a Alphonine toda la información nueva junto con tus teorías, pero ella te había comentado semanas atrás que estaba tan ocupada que le sería imposible asistirte más, y lo peor es que no podías obligarla. La antropóloga estaba en la nómina del Centro de Investigación Williams,[5] no en la de la policía, y si a veces les echaba una mano con los casos era únicamente por su buena voluntad.

Sin los conocimientos de aquella mujer, tu única herramienta disponible era la ciencia forense, pero ésta también estaba resultando inútil. El cabello de los bultos no arrojó registro en la base de datos de la policía, no se encontraron huellas dactilares en la tela ni en los habanos y las botellas de ron eran demasiado distintas entre sí para ligarlas a un comprador.

A esas alturas, cualquiera habría tirado ya la toalla, pero había tres razones por las cuales *no podías* hacerlo: la primera es que detestabas la idea de volverte un mediocre y manchar el maravilloso récord policiaco que tantos beneficios te daba. La segunda era que estabas seguro de que la responsable de los bultos seguía activa y que era cuestión de tiempo antes de que ocurriera otro asesinato. Y la tercera, saldar tu deuda con Malen.

Muchos pensarían que hacerte cargo de Olivia debería resolver esta última parte, pero para ti ella no era *una deuda* y le romperías la cara a quien siquiera se atreviese a insinuar que la mantenías a tu lado sólo por algo semejante.

---

[5] Williams Research Center: centro de investigación dedicado a la preservación de la historia y la cultura de Luisiana a través de libros, documentos y fotografías históricas.

Fue por eso que, dispuesto a agotar hasta el último de tus recursos, buscaste en tu escritorio la lista que te había dado Alphonine de las sacerdotisas vudú de la ciudad. Y cuando desdoblaste la hoja y de su interior cayó una tarjeta roja con un teléfono en letras blancas, ésa que Malen te había dado tiempo atrás, para ti fue como sentir que habías encontrado por fin la ayuda que te acercaría a la identidad de tu asesina manipuladora.

Y cuánta razón tenías.

✦ ✦ ✦ ✦

El cementerio de St. Roch no era ni de lejos el más feo o tenebroso de Nueva Orleans, pero vaya que tenía una zona muy especial que podría ayudarlo a competir por el puesto. Al considerarlo, te arrepentiste un poco de no haber dejado a Olivia, por esa única ocasión, con tu vecino.

Con la bebé dormida entre los brazos y mi cuerpo alrededor de tus hombros, avanzaste desde el arco de hierro de la entrada hasta la capilla que se alzaba a unos pocos metros adelante, después de un corredor de elegantes criptas de mármol y la escultura de una niña recostada sobre una tumba que te pareció particularmente desagradable.

El lugar de culto estaba vacío, así que fuiste hasta el altar y giraste a la derecha, mientras la lluvia comenzaba a caer con fuerza contra las ventanas. Una estatua decrépita de Santa Lucía con la mitad de su cuerpo devorado por el óxido, te recibió al lado de una pequeña habitación. El par de ojos que la figura sostenía en una bandeja daba una idea de lo que te ibas a encontrar pasando el cancel de hierro.

Una pared repleta de pies y piernas colgantes fue lo primero que observaste, seguida de dos mesitas donde reposaban manos mutiladas, cruces de madera y cabezas decapitadas. El suelo no era más encantador. Había una caja de madera con más ojos dentro, así como múltiples hileras de muelas repartidas por la loza y hasta una solitaria oreja perdida entre trozos de corazones. Los muros estaban descarapelados y el polvo cubría cada rincón.

La Sala de Curación, como los locales la llamaban, era muy peculiar; todas esas partes humanas no eran más que piezas prostéticas que habían pertenecido alguna vez a una persona enferma, ciega o con alguna amputación. St. Roch era el santo milagroso de la salud, por lo que, durante décadas, la gente le había dejado aquellos *exvotos* como ofrendas hasta convertirla en una especie de habitación del terror.

A mí me parecía un lugar repleto de energía y esperanza, pero por tu cara y por la forma en la que cubriste un poco más a Olivia con su gorrito tejido, era fácil saber que no pensabas lo mismo.

—Fascinante, ¿no le parece?

Aquella voz a tus espaldas te sorprendió, puesto que no habías escuchado a alguien acercarse.

Una mujer estaba en la entrada del cuarto, mirándote con una sonrisa y los brazos lánguidos a los costados de su esbelto cuerpo. A pesar de la lluvia, vestía ropas ligeras y completamente secas, apenas una blusa blanca y una falda de patrones coloridos en contraste con su piel negra, lisa como la seda. El *guelé* rojo le cubría casi todo el cabello, pero podías distinguir una espesa mata de rizos negros asomándose por debajo de los pliegues.

Malen tenía razón. La mujer *no podía* tener más de cuarenta años.

—Lo suficiente para citar aquí a un policía —respondiste con ironía.

—Salgo poco —comentó—. Y como de todos modos tenía planeado venir, me pareció oportuno.

Cuando ella entró al cuarto, retrocediste, y no sólo por la estrechez de la habitación. Te pasó de largo, mirando a Olivia como si estuvieses sosteniendo un tronco, y se dirigió hacia una mesa que había bajo una ventana y depositó un pedazo de papel doblado. Había muchos allí, por lo que supusiste que se trataba de una petición. Sabías que el vudú era una religión sincretista, por lo que te preguntaste cuál de sus espíritus se escondía detrás de los santos que había en esa capilla.

—Es la señora Davis, ¿cierto?

—Señorita Adeline para usted, agente Hoffman —corrigió con la voz aterciopelada—. No me he casado, aunque bien podría considerar hacerlo.

Ella te miró sobre su hombro desnudo, y sus ojos almendrados te recorrieron de arriba abajo. El cumplido te resultó tan seductor como si te hubiese dado la hora, pero no le molestó tu indiferencia; ella sabía que era hermosa y que tu falta de interés poco tenía que ver con su apariencia.

Tan incómodo como tú, me elevé hacia el techo y la mujer me siguió con la mirada.

—La llamé para hacerle unas preguntas, *señora* Davis —dijiste, abriendo tu gabardina para mostrarle tu placa y dejar en claro que no venías a tontear—, así que si tiene tiempo…

—Por supuesto —respondió—. Aunque me gustaría saber primero cómo consiguió mi número. No suelo repartir tarjetas a cualquier persona.

—Rose Broussard —dijiste—. Supongo que se acordará de ella.

—Ah, ¡es verdad! —exclamó con alegría—. Una mujer adorable, aunque muy temperamental.

Apenas sonreíste.

—Supe que usted le hizo muchos... favores en el pasado.

—Unos cuantos —dijo, encogiéndose de hombros—. Le gustaba resolver sus asuntos de la manera sencilla.

Sentiste bilis en el estómago, porque sabías mejor que nadie que, efectivamente, el abuso era una forma *sencilla* de lidiar con los problemas.

—¿La ha visto en las últimas semanas? —preguntaste.

—No. Hace más de un año que la señora Broussard se ha olvidado de esta pobre servidora de los Loas. ¿Por qué lo pregunta?

—Por nada importante —interrumpiste, un tanto irritado, puesto que te estabas alejando del punto del interrogatorio. Lo último que te importaba en este mundo era encontrar a esa mujer, después de lo que había hecho.

Sacaste una fotografía del bolsillo y se la alargaste a la *bruja*. Para mí, "servidora de los Loas" era un título que le quedaba bastante grande.

—¿Tiene una idea de quién pudo haber fabricado esto? —preguntaste. La muy lista levantó un poco su falda y tomó la foto con cuidado para no dejar sus huellas en la impresión. Arrugó un poco el entrecejo ante la imagen del bulto del traficante, abierto de par en par sobre la mesa de autopsias.

Brevemente le explicaste lo poco que ya sabías sobre los Guédé y cómo podría estar relacionado ese bulto con un infante. Cuando terminaste, ella asintió.

—Creo saber para qué sirve —dijo—, pero no conozco a alguien que sea capaz de hacer algo tan difícil. Y cruel.

La sangre te corrió un poco más rápido al escuchar aquello.

—¿A qué se refiere con "cruel"?

—Por el color de la tela y algunos ingredientes —apuntó hacia las navajas dentro de la botella—, me parece que esto es una *garantía sangrienta*.

La forma en la que lo dijo, con tanta soltura, no te gustó en lo absoluto.

—Explíquese de una vez, maldición —pediste sin amabilidad, aunque a ella pareció divertirle tu estrés. Acaricié tu coronilla con mi lengua para hacértelo más soportable.

—Cuando alguien quiere el favor de un vuduista tiene que darle algo a cambio de su servicio, eso ya lo sabemos, pero esto no siempre tiene que ser dinero. A veces pueden ser cosas que el practicante necesite y no pueda conseguir por su cuenta, ya sean bienes materiales... o *inmateriales* —dijo, mirando de reojo hacia Olivia—. Y por lo mismo, va a necesitar una garantía de que, una vez hecho el favor, el cliente cumplirá su parte del trato.

—Creí que era al revés. Que primero pagabas y luego te hacían el milagrito —replicaste.

—Si se trata de una petición muy compleja o costosa, no. No es muy inteligente dejar una suma de dinero de cinco cifras en la mesa así, sin más, por lo que, para evitar que cualquiera de las dos partes salga estafada, el vuduista cierra el trato con su cliente creando cosas como ésta —aseguró, agitando la fotografía—. Los llamamos "vínculos" porque están hechos por cosas que pertenecen al practicante, al cliente y a la víctima. Le aseguro que hasta las mamilas pertenecían al niño cuya vida se estaba ofreciendo a cambio de un favor.

La explicación, aunque espeluznante, tenía cierto sentido para ti. No habían encontrado ADN en los biberones, pero si los parientes habían creado un pacto con el vuduista, parecía normal que tuvieran acceso a ese tipo de cosas, sin mencionar el cabello usado como hilo, tanto del traficante como de la mujer a la que estabas buscando.

—Entonces, si el "practicante" cumple su parte del trato, pero el cliente no paga, ¿este... *vínculo* toma la vida del niño de todas maneras? —la mujer asintió—. ¿Cómo es eso posible?

—Los Guédé lo hacen posible —dijo con naturalidad.

Casi pusiste los ojos en blanco, porque no podías creer lo que estabas escuchando. En tu mundo perfectamente humano, todo lo que te estaba diciendo ella era absurdo. No existían bultos mágicos que reclamaran vidas, ni pactos vudú que otorgaran grandes favores a cambio de ellas. No. Había gente manipuladora, cerdos estafadores que empujaban a personas imbéciles a cometer actos atroces por creencias absurdas.

Y eso es lo que estabas buscando.

—Entonces, ¿no tiene idea de quién pudo ser la autora de esto? —insististe—. ¿Una mujer de cincuenta, cincuenta y cinco años, con mucha experiencia?

La mujer suspiró.

—Como le dije, es una práctica bastante difícil y muy mal vista entre los vuduistas; no conozco alguien en Nueva Orleans que ofrezca este servicio y hasta los *bokos*[6] que hacen estos contratos en Haití los practican en la clandestinidad, algo de por sí increíble para nuestra cultura. Quien pueda estar haciendo estas garantías en el Nuevo Mundo no sólo

---

[6] Sacerdote del vudú haitiano que se dice sirve a los Loas con "ambas manos", es decir, tanto para hacer el bien como el mal.

debe ser tremendamente poderoso, sino también estar muy favorecido por algún Guédé —finalizó, extendiéndote la fotografía.

Cuando diste un paso hacia ella para recuperar la imagen, Olivia se revolvió, despertando. Estiró sus manos hacia arriba, y por el ruido que hacía, parecía que estaba a punto de echarse a llorar.

—Oye, oye, aquí estoy —dijiste con una gentileza de la que nadie te creería capaz. Acercaste tu rostro hacia ella y dejaste que acariciara tus mejillas para serenarse. Tú no lo notaste, pero la forma en que la bruja ladeó la cabeza al ver tu gesto te habría estremecido.

—Qué niña tan... interesante —dijo—, ¿es suya? No se parecen *en nada*.

Su comentario hizo que te hirviera la sangre, pero contuviste el deseo de contestarle con algo peor; tan sólo la miraste de arriba abajo con tu mueca más despectiva.

Una de las comisuras de su boca se torció ligeramente.

—Si se le ocurre alguien, ya tiene mi número —dijiste sin responder a su pregunta.

Ella asintió, dio media vuelta y se dirigió a la salida.

—Señora Davis —llamaste, deteniéndola en el umbral—. Si llega a ver de nuevo a Rose Broussard tiene que comunicármelo de inmediato. ¿Está claro?

Ella te miró sobre su hombro, recuperando su sonrisa seductora y salió de la Sala de Curaciones. Para ti, en cambio, fue como si hubieses visto una rata escapar adentrándose en una cloaca, cosa que me hizo sonreír.

Eras una criatura verdaderamente especial, Hoffman.

Tomaste a la bebé de las axilas y la levantaste para que te mirara a la cara.

—No le hagas caso a esa vieja bruja —le dijiste con seriedad—. Eres preciosa y nunca voy a dejar que nadie te haga sentir lo contrario, ¿me entiendes?

Olivia pataleó de alegría en el aire como respuesta y eso fue para ti suficiente.

CAPÍTULO 18
CUENTAS PENDIENTES

Sábado

Aunque aquella bruja te había dejado un muy mal sabor de boca, debías admitir que tu inquietante reunión con ella había sido muy fructífera, cosa por la cual estabas agradecido.

Ahora no sólo sabías qué eran exactamente los bultos, sino que te había impulsado a descubrir el motivo por el cual tantos homicidas de edades, clases sociales y etnias distintas habían cometido la misma estupidez: todos estaban hasta el cuello de mierda, tan desesperados que habían recurrido a una ayuda sobrenatural para salir de sus problemas. Y aunque el truco del vudú les funcionó por un tiempo, todos, sin excepción, habían vuelto a caer en desgracia.

Para empezar, el hombre del laboratorio clandestino siempre tuvo una vida muy turbia. Había pasado buena parte de su adolescencia en correccionales por robos y asaltos, y en su adultez, la cosa no cambió demasiado. Según algunas confesiones que había en los expedientes, intentó ingresar a un par de pandillas criminales, pero digamos que nunca tuvo lo "necesario" para ser aceptado. Y un buen día, de la noche a la mañana, montó un laboratorio clandestino y se convirtió en el *narco* más solicitado de Dixon.

Pero luego, las cosas fueron a mal. Realmente mal.

Llamaste a prisión para hablar con el contacto que te había dado la información sobre el traficante y éste te contó, a regañadientes, que el negocio clandestino se desplomó tan rápido como empezó debido a entregas a destiempo, droga "cortada" con sales de baño y otros problemas graves. Sobraba decir que gente peligrosa comenzó a rondar su cuartel, clientes insatisfechos con deseos de venganza; de ahí que hubiese empezado a apostar vigilantes en su puerta.

La historia se repetía en el resto de los casos. La mujer que asfixió a su hijo mientras dormía había pasado de sufrir la violencia doméstica diaria a ver a su maltratador en prisión, para luego volver al mismo ciclo destructivo con su nueva pareja, quien terminó ahorcándola poco después. La familia del anciano que quemó a su nieta había enfrentado problemas financieros tan severos que estaban al borde del desahucio y luego de una milagrosa recuperación económica, de nuevo habían caído en la bancarrota. De los treinta y cinco casos que habías recolectado junto con Malen, todavía te faltaba encontrar y revisar los antecedentes de otros veinte para ver si todos coincidían con el patrón de los homicidas, pero igual no habrías necesitado hacerlo; mi espíritu había estado presente los días en los que el horror revoloteó sobre todas y cada una de las víctimas.

Por algo tú y yo nos encontramos aquella noche lluviosa.

Pero lo que realmente te hizo sentir que la reunión con esa mujer había valido la pena fue que, tras dos meses de exhaustiva investigación, por fin habías dado con tu anhelada pista: aunque los pocos familiares de las víctimas a quienes habías podido entrevistar no tenían ni la más remota idea de la existencia de esos bultos —y muchos ni siquiera recordaban detalles específicos, ya que había pasado mucho tiempo desde los incidentes— sí hubo alguien, la tía de la mujer que había asfixiado a su hijo al dormir doce años atrás, que recordó *algo*.

—*Una vez me encontré a mi sobrina en el Barrio Francés, durante el Mardi Gras —dijo—, venía tomando algunas fotos e iba acompañada de una nueva amiga, pero me pareció muy raro verlas juntas. Esta mujer era negra y Sophie… bueno, ella era un poco "especial" respecto a eso. A veces pienso que le pasaban cosas malas por una razón, ¿sabe?*

—¿*Algo más que se le venga a la mente?* —preguntaste.

—*Sólo la vi una vez, aunque tengo entendido que Sophie la visitaba mucho. Era muy delgada, guapa, y tal vez tendría unos cuarenta años. Lo recuerdo porque, al día siguiente, llevaron al marido de mi sobrina a prisión por romperle una botella en la cabeza a un policía, algo que me pareció extraño, ya que él era de esos tipos con doble personalidad, usted sabe, solía mostrarse tranquilo y complaciente cuando no se trataba de Sophie. Ella debería haber estado feliz de haberse librado de ese bastardo, pero yo la veía tan triste y luego su siguiente novio…*

—¿*Recuerda el nombre de su amiga?* —cortaste.

—*Fiquette* —respondió—. *Estoy segura porque nunca había escuchado ese apellido antes y me lo tuvo que repetir varias veces para que pudiera entenderlo.*

Allí estaba tu milagro. El perfil coincidía y por fin tenías algo con qué empezar a buscar.

Pero incluso con esa pista tan importante, todavía te quedaba mucho, mucho por resolver. No podías explicar por qué los cuerpos de los niños mostraban signos de descomposición o cómo es que los homicidas terminaban muriendo poco después de los "accidentes". Y aunque no era muy relevante para el caso el saber cómo es que los pactos habían funcionado y toda esa gente había conseguido lo que quería, debías admitir que te intrigaba.

Era el desafío más complejo y enigmático que habías enfrentado en toda tu carrera, pero tardabas tanto en recolectar información que al final del día no tenías otra opción más que dedicarte también a otros casos para mantener contento al departamento.

Pero te estabas acercando. Podías sentirlo en la punta de tus dedos, sólo necesitabas más tiempo porque, además de ser detective, ahora tenías *otro trabajo*.

Despegaste la vista de tu computadora portátil cuando Olivia rodó sobre tus bolígrafos y los hizo caer por el borde de la mesa de tu cocina. Le quitaste la goma de borrar que estaba a punto de llevarse a la boca; últimamente le gustaba probar y tocar todo, además de que estaba creciendo tanto que funcionaba muy bien como pisapapeles.

Era normal. Ya había cumplido nueve meses.

—Pa-pa… —balbuceó, lo que te hizo sonreír con todos los dientes. La pusiste en tu regazo y le diste su chupón, el cual ella tomó con su mano y lo llevó a la boca solita.

Problemas de aprendizaje y un carajo, pensaste, recordando la advertencia que te había dado el pediatra el día que la sacaste de casa de Malen. Olivia era muy lista y se estaba desarrollando como una bebé normal, ya hasta te decía "papá" todo el tiempo, cosa que te hacía sentir muy orgulloso.

Ella se recargó contra ti y suspiró.

—Sólo un poco más y cerramos el trato, mocosa —susurraste con cariño, muy a tu manera, mientras le acariciabas los rizos.

Hacía unas cuantas semanas habías recibido un sobre azul en tu oficina que había cambiado las cosas para siempre: Servicios Sociales había aceptado tu solicitud de ser el custodio temporal de la bebé, lo que significaba que, si en tres meses más la señora Broussard no daba señales de vida, Olivia sería declarada en estado de abandono, y lo que significaba también que ya podrías iniciar el trámite para su tutela permanente.

Finalmente, la niña pasaría a ser legalmente tu hija.

Sonreías a menudo al pensar en ello. Para ti, el amor de familia era una idealización forzada, algo que te obligaba a aguantar golpes y humillaciones en nombre de un lazo de sangre que, al final, nada significaba. Pero el preocuparte por *tu bebé* y anteponerla a tu comodidad y a tu trabajo estaba destruyendo la sombra que alguna vez tus padres habían alzado sobre ti.

Olivia te hacía feliz porque antes de ella no habías notado lo solo que te sentías.

Quién diría que encontrarías la redención convirtiéndote en lo que tus padres nunca pudieron ser para ti.

—¿Tú qué opinas? ¿Sigo hundido en la mierda aburrida de narcóticos o me voy a perseguir pervertidos a víctimas especiales? —le preguntaste, y ella te respondió con un bostezo—. Sí. Eso pensé.

Decidiste apagar la laptop y terminar los informes después. Tenías tanta urgencia por cerrar el segundo caso del mes que te habías traído el trabajo a casa para acabarlo el fin de semana y el lunes dedicarte de lleno a buscar a tu sospechosa "Fiquette", pero los ojos se te cerraban por el cansancio, así que tomaste a Olivia y la subiste a su habitación.

Acababa de cenar, otra vez, por lo que en cuestión de minutos se quedó profundamente dormida en su cuna, abrazada a su manada de peluches. Te pusiste la radio del monitor de bebés en el bolsillo y estabas a punto de irte a la recámara cuando el timbre de la entrada sonó.

La tensión te bajó por la espalda como una corriente eléctrica, porque era casi la una de la madrugada. ¿Quién diablos podría llamar a la puerta a esas horas?

Cerraste el cuarto de Olivia con llave y te asomaste primero por el ventanal, a través del balcón. No había coches estacionados afuera más que el tuyo y ni siquiera se veía a nadie en la puerta o el porche.

Al bajar al pasillo, llamaron una vez más, pero al ver por la mirilla, no viste a nadie. Tampoco habías escuchado pasos sobre el parqué.

—Maldita sea —susurraste, imaginando que se trataba de alguna broma, pero mientras dabas media vuelta para regresar arriba, esta vez unos nudillos tocaron contra la madera.

Aquello te erizó la piel. Tomaste el atizador de la chimenea, ya que habías dejado la Glock arriba, y te acercaste despacio a la entrada; un puño no dejaba de martillear una y otra vez contra tu puerta hasta el punto de parecer que quisiera reventarla.

Abriste la puerta de un tirón.

—¿Pero qué dem…?

Te llevaste el dorso de la mano a la nariz cuando la peste a carne podrida te inundó las fosas nasales. Pero no fue el espantoso olor o el no haber encontrado a absolutamente nadie del otro lado lo que te hizo sentir que el piso se sacudía debajo de ti.

Fue descubrir que en tu entrada había un bulto de franela roja.

El atizador se te cayó de las manos y sólo cuando un trueno rompió entre las nubes, lo volviste a tomar para salir corriendo hacia la acera. El agua golpeó feroz contra tu cuerpo mientras mirabas de un lado a otro intentando encontrar a quien te había dejado aquella monstruosidad, pero no podías ver a nadie bajo la tormenta.

—¡Sal, maldita hija de puta! —gritaste, pero tu eco se perdió entre la lluvia. La radio en tu bolsillo empezó a escupir estática y el corazón se te desbocó cuando lo siguiente que escuchaste fue el llanto de tu bebé.

—¡OLIVIA!

Volviste a la casa, despavorido.

¡Estúpido, estúpido, estúpido!, te recriminaste a medida que subías la escalera a zancadas. Los llantos provenían de su habitación, en señal de que seguía allí.

La puerta que habías cerrado firmemente con llave ahora estaba abierta, pero una vez más, no había nadie, sólo un resabio de aquella penetrante pestilencia.

Olivia estaba sola, llorando con angustia desde su cuna.

—Mierda, mierda —te lanzaste sobre ella y casi arrancaste el blanco velo que la cubría—, Liv, ¿estás bien?

La niña parecía intacta, envuelta aún en su cobija tal cual la habías dejado. La levantaste y lloró con un brío que te sobrecogió. Y al palparle los brazos y las piernas para asegurarte de que no estuviese herida, supiste de inmediato por qué.

Estaba ardiendo en fiebre.

CAPÍTULO 19
VÍNCULO INSIGNIFICANTE

Lunes

Cuando el médico te aseguró que lo que tenía Olivia era una simple fiebre quisiste estamparle la bandeja quirúrgica en la cara, porque no había manera en la que ella hubiera pasado de estar perfectamente sana a enfermar en cuestión de minutos sin que alguien le hubiese hecho daño en ese lapso.

Con todo y tu frustración, las pruebas no mentían. No había señales de maltrato en su cuerpo y los análisis urgentes de orina y sangre tampoco revelaron tipo alguno de infección o envenenamiento. Y lo peor es que todo eso tenía sentido porque estabas completamente seguro de que *nadie* había entrado a tu propiedad, aun cuando habías encontrado la puerta de la habitación de Olivia abierta.

Eras un maldito detective, por supuesto que habrías notado si hubiese sido así.

Además, nadie en las casas contiguas fue testigo de quién había dejado aquel bulto en tu puerta, ni siquiera tu vecino, quien salió alarmado al escucharte gritar. Pero aun cuando la fiebre de Olivia no había cedido, el domingo tuviste que llevarla a casa junto con muestras de paracetamol. El doctor te aseguró que ella estaría bien, que las fiebres eran comunes en niños pequeños, pero que le dieras suficientes líquidos y la vigilaras para prevenir cualquier cosa.

Te fuiste intranquilo y al volver a tu hogar y encontrarte con el horrendo bulto aún sobre tu porche, la sensación de pánico se triplicó.

Pobre de ti, ¡cuánto hubieras querido tirar ese monstruo a la basura!

Habías sido frío hasta en los casos más atroces de tu carrera y aunque la muerte de Malen te hubiese afectado, no te había empujado al borde de la desesperación como había ocurrido esa noche.

Estabas asustado, como nunca en tu vida. Y al llegar al día siguiente a la estación para continuar buscando en los registros, tu capitán te recibió con una noticia que te sacudiría aún más.

—¡¿Qué carajos quieres decir con que se robaron todo?! —exclamaste entre dientes para no lastimar los oídos de Olivia, quien bebía de su biberón acurrucada en tus brazos, aún febril.

Para cualquiera, lo más correcto habría sido que la dejaras en alguna guardería para poder ocuparte del caso, pero después de lo de anoche, ni loco ibas a apartarla de tu lado.

Me era tan difícil verla en ese estado que me sentí tentado a disminuir su temperatura, pero al final, no me atreví.

Sabía que sería inútil.

—Pues eso, Hoffman —dijo el hombre, alzando ambas manos—. Alguien irrumpió en el almacén de madrugada y se llevó todos los bultos que Malen y tú habían logrado reunir, junto con los archivos de cada caso.

Eran noticias terribles. Aunque tenías algunos datos capturados en tu computadora, la gran mayoría de los archivos, al ser tan viejos, sólo existían en papel.

—¿Y las cámaras? —preguntaste. Howard se pasó una mano por la nuca.

—Es lo jodido del asunto —respondió con pesar—. A causa de la tormenta, se produjo un apagón. Fueron apenas unos minutos, pero...

—¡Debe ser una puta broma! —exclamaste, estampando el dorso de tu mano libre en la puerta con frustración. El hombre frente a ti soportó la agresión al ver que de inmediato te arrepentías al escuchar elevarse un quejido de parte de Olivia.

—Hoffman, ¿qué está sucediendo?

Bufando, te agachaste y pusiste *tu bulto* sobre el escritorio de tu capitán, el cual ya habías destripado esa misma mañana. Howard Desdune apretó los brazos de su silla, horrorizado.

Por suerte, la bolsa de plástico donde lo traías paliaba un poco la peste a podredumbre.

—Alguien me dejó este regalito anoche —dijiste con la mandíbula apretada.

—¿Es una de las evidencias robadas?

—No. Fue hecha especialmente para mí —sonreíste con sarcasmo, porque efectivamente, todo lo que contenía ese bulto era nuevo, desde los habanos hasta la tela con la que había sido fabricado. Y esta vez, de las siete botellas, cinco estaban llenas hasta el borde.

Las navajas de afeitar y los chiles nadaban en el líquido de forma tan grotesca que a tu capitán se le erizó la piel.

—Dios mío, ¿crees que vayan ahora tras Olivia, Hoffman?

—Estoy completamente seguro —afirmaste, apretando más a la bebé contra ti—. La cabrona que hizo esto quiere hacerme pagar por haber desenterrado sus bultos de porquería.

—Tranquilo, muchacho —dijo, alzando una mano hacia ti—. La fiebre ha sido una coincidencia, te lo aseguro. Y mientras Olivia esté contigo nada va a pasarle, y lo sabes.

Aunque asentiste, dándole la razón a tu capitán, el vértigo se precipitó dentro de ti. Debías *forzarte* a no creer que algo sobrenatural ocurría con Olivia; ahora eras su *padre*, la única persona en el mundo que podía protegerla, y si aceptabas que una fuerza más allá de tu comprensión la había enfermado, aceptabas también que tal vez no podrías hacer algo para remediarlo.

No. No lo aceptarías, aunque... si estabas tan desesperado, tal vez era porque comenzabas a dudar, ¿no?

—¿Ya encontraste alguna sospechosa? —preguntó Howard.

—Sí —respondiste—. Hace unos días di con un apellido y ya tengo un perfil, así que voy a necesitar tu autorización para acceder a todas las bases de datos posibles.

Howard asintió y levantó el teléfono para hacer una llamada.

—En un rato vendrán los de sistemas para ayudarte a sacar toda la información que necesites —dijo con el auricular en el oído, para luego colgar—. También voy a tratar de conseguirte copias de los archivos. Los más viejos eran originales, por lo que no puedo prometerte recuperarlos, pero veré si en el resto de los distritos pueden darnos más material.

—La voy a matar —balbuceaste—. Juro que cuando la encuentre, *yo*...

Abrazaste a Olivia con fuerza. El odio y la culpa te martirizaban tanto que tuviste que desviar la mirada para que tu capitán no notara que te escocían los ojos de ira. Howard quiso decirte que debías haberle pedido ayuda desde el principio y no arrojarte en esta terrible contienda tú solo, pero te quería demasiado como para hacerte eso ahora. Diste la media vuelta para marcharte.

—Estaremos en mi cubículo —anunciaste, dejando el bulto sobre la mesa—. Dígale a alguien que venga por esto.

Saliste de su oficina con largas zancadas sin darle oportunidad de contestarte.

Pero cuando llegaste a tu cubículo, con Olivia bien sujeta, te detuviste de súbito al ver que había una persona esperándote en una de las sillas frente a tu escritorio.

—¿Pero quién demonios eres?

Un muchacho se levantó para girarse hacia ti y sólo te bastaron unos instantes para comprender de quién se trataba.

No tenía más de dieciocho años y no era tan alto como *podría esperarse*. Tenía los ojos azules y el cabello muy rubio, casi platinado, con una complexión más delgaducha que robusta y una sonrisa extraña, forzada, tal vez.

—Detective Hoffman —dijo, alargando la mano para saludarte—. Mi nombre es Allen. El agente Tared Miller es mi hermano.

—No me digas —dijiste con ironía. El parecido era sutil, pero perceptible.

Rodeaste el escritorio y recostaste a Olivia en la cuna portátil sobre tu archivero, ya que se estaba quedando dormida. Al ver que en vez de estrechar su mano, levantabas la tapa de tu laptop, el joven bajó el brazo y carraspeó.

—Perdone que me haya sentado. Me dijeron que no tendría problemas en atenderme.

Tomaste una nota mental de gritarle al estúpido que hubiera dejado pasar al chico a tu lugar. No te extrañaba: tus compañeros eran tan irresponsables que un tipo pelirrojo y barbón tenía varias semanas rondando fuera de la comisaría y nadie lo había registrado aún.

Al ver que seguías sin prestarle atención, abrió y cerró su puño discretamente; las venas de sus manos se marcaron como serpientes.

—Vine a hablar con usted respecto a mi hermano —dijo, acomodándose el cabello hacia atrás—, la verdad es que yo...

—Si vienes a amenazarme para que no siga jodiéndolo —exclamaste, mirándolo con fastidio—, lamento decirte que has viajado miles de kilómetros sólo para irte de vuelta al carajo. Además, a Miller ya le asignaron otro compañero desde hace más de un mes. No entiendo qué diablos quieres conmigo.

Pensar en eso te irritó, sobre todo porque las rutas de patrullaje del chico eran cerca del hospital donde llevabas a Olivia. Lo sabías porque ayer lo habías visto de reojo en su auto al salir de emergencias.

El muchacho sonrió al escuchar tus palabras. Tranquilamente, volvió a tomar asiento y se inclinó hacia el escritorio, entrelazando los dedos sobre la madera.

—No, no, no quiero amenazarlo, detective. Al contrario, *he venido aquí a hacerle una advertencia* —el tono sedoso de Allen Miller te resultó tan desagradable que, por instinto, acercaste una mano a la cuna de Olivia—. Porque le juro que no hay algo que yo desee más en el mundo que joderle la vida al bastardo de mi hermano.

CAPÍTULO 20
VENENO

Lunes

Allen Miller era tan extraño, tan inquietante, que ni siquiera aquel insulto hacia su consanguíneo te resultó satisfactorio. Esos ojos azules bien abiertos y esa mueca de falsa simpatía te incomodaban muchísimo, como si estuvieses mirando a una serpiente engullendo un ratón.

La comparación me pareció un tanto insultante, pero no podía negar que aquel muchacho lo ameritaba; a pesar de su juventud, había algo que ya llevaba mucho tiempo pudriéndose dentro de él.

Al ver que no respondías, el chico continuó.

—Mire, agente, yo…

—¿Qué te hace pensar que lo que tienes que decir me importa? —interrumpiste—. Miller me es tan agradable como descansar el trasero sobre un cactus, pero eso no significa que sienta deseos de desperdiciar mi tiempo con él. Para eso ya tiene a su hermanito, al parecer.

El joven se arqueó de hombros y sonrió como si le hubieses hecho un cumplido.

—Como le dije, sólo quiero hacerle una advertencia, detective —insistió—. Cuando mi hermano me contó que no había podido *entenderse* con usted, sentí la necesidad de visitarlo lo más pronto posible.

A partir de allí, en vez de una serpiente, Allen Miller te pareció más una rata. Había viajado hasta Nueva Orleans sólo para poder encontrar la forma de apuñalar a su hermano por la espalda.

Bufaste de irritación. Pocas cosas te encabronaban tanto como la gente hipócrita y sin cojones.

—Sé más específico, que no tengo tu tiempo —espetaste—. Y no me vengas a contar su trágica historia, que ya la conozco de memoria.

El brillo azul en los ojos de Allen Miller pareció oscurecerse. Si su hermano era tormenta y truenos, este hombre era como mirar un abismo en el océano.

—¿No le parece extraño que Tared haya huido de Minnesota *justo después de que sucediera aquello*?

Entornaste la mirada, adivinando adónde pretendía llegar.

—¿Estás inculpándolo de algo?

—No, no, es sólo que todo fue demasiado extraño…

—¿Extraño? Las pruebas de lo que pasó son contundentes, muchacho —respondiste, suspicaz—. ¿O qué? ¿Vas a decirme que a Miller de pronto le salieron garras y pelo?

Pude escuchar cómo los dientes del joven rechinaban detrás de su sonrisa.

—Sólo digo que su explicación fue demasiado conveniente —respondió, cruzándose de brazos—. Y como toda la vida le han besado hasta el suelo donde camina, a la gente le cuesta creer que mi perfecto hermanito no es tan bueno como todos piensan.

Los celos eran el veneno más letal que conocías y, en cierto modo, no podías culparlo por sentirse así; al lado de su imponente hermano, Allen Miller parecía una pálida copia.

—¿Y qué pretendes que haga yo al respecto? —preguntaste con desinterés.

—Me han dicho que sus interrogatorios son legendarios —añadió—. Hasta escuché que el estado lo quería para encontrar al estrangulador del Bayou.[7]

No tenías idea de dónde había sacado esa información, pero sí que recordaste haber rechazado el caso. Katrina apenas había arrasado la ciudad y nadie tenía tiempo para ocuparse de otra cosa que de ese desastre, ni siquiera tú.

Olivia balbuceó entre sueños. Metiste la mano en la cuna y tomaste su manita para que te sintiera cerca. Su piel seguía demasiado caliente, cosa que te causó un vacío en el estómago.

Allen entrecerró la mirada al ver que no estaba atrayendo tu atención.

—Mire —comenzó, intentando recuperar el buen talante—. Creo que sólo usted podría sacarle la verdad sobre lo que sucedió esa noche. Mi hermano es bastante inestable, como ya lo habrá notado, así que, siendo el mejor detective de Luisiana, no debería suponerle gran problema.

Casi te ríes en su cara. La adulación no funcionaba contigo.

—Lamento decirte que no me interesa, muchacho. Contrata un investigador privado o acúsalo con tu madre si se te

---

[7] Ronald Joseph Dominique, mejor conocido como "el estrangulador de Bayou", es un violador y asesino en serie a quien se le atribuye la muerte de al menos 23 hombres y niños en el estado de Luisiana entre julio de 1997 y 2006.

da la gana, pero yo no tengo tiempo para ocuparme de las sospechas de un miserable y acomplejado mocoso.

—Tiene que escucharme —exigió—. Cuando se enoja, mi hermano... cambia. Como si un monstruo dentro de él sólo esperara el momento para salir y hacer pedazos todo lo que tiene enfrente. No sé qué diablos pasó esa noche, pero lo que sí sé es que él está ocultando algo que no puedo... explicar —al ver que tus ojos se entornaban, Allen continuó—. Por favor, no me diga que no lo ha visto. *No me diga que no lo ha sentido.*

Las marcas de las manos de Tared Miller en tu puerta aparecieron en tu cabeza. Pero no fue eso lo que te estremeció, sino recordar aquel gruñido bestial que habías escuchado surgir desde su garganta el día en que lo conociste.

Allen tenía razón: Tared Miller escondía algo... pero en esos momentos, no te interesaba descubrir qué.

Al ver que no respondías a sus exigencias, el chico se levantó despacio y te apuntó con un dedo levantado.

—Mi hermano es un bastardo. Un bastardo y un mentiroso —siseó—. Y lo único que deseo es que termine tan jodido por sus propios engaños que sólo le quede tirarse de un maldito puente.

Aquello te hizo sonreír.

—Oye, ¿sabes que decir eso frente a un agente de policía es lo más estúpido que pudiste haber hecho?

Al comprender su error, Allen palideció una vez más. Bajó la mano y soltaste una carcajada antes de que comenzara a balbucear.

—Mierda, no te orines en los pantalones, por favor, ya tengo suficiente con cambiarle los pañales a ella —dijiste, apuntando hacia Olivia con la cabeza.

El chico se irguió tanto como pudo y se sacudió el saco como si se lo hubieses salpicado de mierda. Dio la vuelta y, sin más, se largó.

Lo seguiste hasta verlo desaparecer por la puerta de la estación, y ladeaste la cabeza. Tu afilado instinto te decía que Allen Miller no se quedaría tranquilo y que, tarde o temprano, encontraría la forma de lastimar a su hermano.

Lo único que yo desée fue que, por una vez en tu vida, no tuvieras la razón, pero como se lo dijiste, ése no era tu problema. Lo único que te importaba era la niña que se aferraba fuertemente a tu mano, aún entre sueños.

Fue por eso que, cuando llegaron los de sistemas y te pidieron tu laptop para empezar a comparar el perfil que tenías con la base de datos de la policía, apartaste a los Miller bien lejos de tu cabeza.

Mujer afroamericana. Entre cincuenta y cincuenta y cinco años de edad y con aquel apellido peculiar.

La información cuadró y tu corazón se aceleró al ver que la pantalla arrojaba un único resultado:

Louisa Fiquette.

CAPÍTULO 21
HISTERIA

Jueves

Cuando el ingeniero en sistemas dio clic a la fotografía para rastrear su posible dirección, hice lo mejor que pude para ayudar: te arruiné la computadora.

La pantalla se apagó de pronto y sentiste deseos de arrojar el aparato por la ventana cuando se negó a encender. Pero lo peor fue que, al ir hacia otra computadora para seguir con el proceso, el perfil de Louisa Fiquette había desaparecido por completo.

Todo rastro de ella, su dirección, sus fotografías, sus registros públicos… de pronto todo había sido borrado de la base de datos y lo único que te quedaba era su nombre y la imagen de su rostro grabada en tu cabeza: una cara redonda, con expresión de tristeza y, a pesar de que era la primera vez que la veías, te pareció sumamente familiar.

Te habrías lanzado a la calle a tocar puerta por puerta con tal de encontrar su ubicación y arrestarla, pero pronto, todo lo que tuviese que ver con Louisa Fiquette te dejó de importar.

En cuestión de horas, Olivia empeoró.

Además de la fiebre, unos fuertes cólicos comenzaron a atormentarla y la pobrecita se sentía tan mal que rompió a llorar como nunca, por lo que tuviste que llevarla a casa dejando inconclusa la investigación.

En la madrugada, ella comenzó a vomitar. Y al correr al hospital, el mundo se te vino encima cuando te la arrebataron de los brazos para internarla.

Fue una de las noches más terribles de tu vida, porque aun cuando lograron estabilizarla, la fiebre y los cólicos persistieron. Por más suero que le dieran, medicamentos y demás, no podían curarla ni descubrir la causa de su malestar. Te dolía tanto verla dormida casi todo el tiempo, con su sonrisa apagada, su carita siempre llena de lágrimas secas que tú le limpiabas con todo el amor que un hombre como tú podía ofrecer.

Pasaste tres días enteros a su lado sin dormir, con apenas ganas de comer y el alma colgando de la frágil línea verde que monitoreaba el ritmo cardíaco de *tu* bebé. Y sólo cuando Howard Desdune se presentó en el hospital, ofreciéndose para cuidar a la niña, fue cuando decidiste volver a casa para darte una ducha, cambiarte de ropa y traer alguno de los peluches de Olivia. Sería algo rápido, ni siquiera te detendrías a comer, pero tal vez algo que le recordara su hogar la haría sentir mejor.

Pensabas en ello cuando, al subir a tu pórtico esa noche de jueves, viste que una caja te esperaba en la entrada; apagaste tu alarma interna cuando viste que se trataba de un paquete de la policía.

Ya sabías lo que era.

Tomaste la caja y la metiste en casa, sin un interés por abrirla. Dentro había una bolsa de plástico con el bulto que te habían dejado días atrás en tu puerta, junto con los análisis del laboratorio.

Los dejaste sobre la mesa de tu cocina y fuiste a darte esa necesaria ducha. Estabas tan cansado que no querías ni verlos, así como tampoco pensabas llevarlos contigo al hospital para leerlos después, cerca de tu bebé. Tu cabeza estaba tan nublada por la desesperación que ya nada querías saber de bultos mágicos ni brujas asesinas.

Sólo querías que Olivia estuviera bien. Que sanara para poder traerla de vuelta a casa y seguir adelante con sus vidas como si toda esta histeria jamás hubiese ocurrido... pero esa inquietud, esa aberrante sensación de que estaba pasando algo que se escapaba de tu comprensión, te impulsó a abrir la caja cuando bajaste una vez más.

Los informes te revelaron cosas aún más escabrosas de lo que esperabas. Seguían sin haber encontrado huellas dactilares, y esta vez, el cabello usado para coser el bulto, o al menos la parte que no pertenecía a la vuduista, ni siquiera era humano. Era pelo de cabra trenzado.

Pero eso era imposible. Estabas segurísimo de que, cuando tú mismo habías descosido el bulto la primera vez, sí que era cabello humano, como el de todos los otros artilugios.

Y cuando sacaste el bulto de la bolsa, te obligaste a sacudir la cabeza para asegurarte de que lo que veías no fuera una alucinación provocada por el cansancio.

De las cinco botellas de ron perfectamente llenas que había, ahora sólo quedaban dos.

Te obligaste a sentarte en la silla un minuto, observando perplejo aquellos biberones alineados en la mesa.

Me deslicé entre los recipientes mientras tú pensabas en los otros bultos, en los que estaban completamente vacíos y en los que todavía contenían algo de líquido en su interior; en los niños asesinados, en los cuerpos descompuestos, en el feto en el vientre de aquella mujer... y cuando uniste por fin el rompecabezas, el mundo se volcó entero sobre tu ser.

Mi cuerpo de pronto se sintió preso de un llamado poderoso al atestiguar cómo el asombro volvía a habitar el corazón del hombre, porque todo lo que creías, todo lo que *pensabas* que sabías sobre este plano y su naturaleza, acababa de cambiar.

Aquellos biberones no eran veneno, ni siquiera una ofrenda. Eran una cuenta regresiva.

CAPÍTULO 22
MILAGROS TERRIBLES

Viernes

La única razón por la cual solías visitar la reserva natural aledaña a Nueva Orleans era buscar pistas y rastrear personas desaparecidas —o encontrar cadáveres, en su defecto—, pero nunca para ir en busca de un milagro.

Siguiendo las instrucciones que aquella mujer te había dado por teléfono, entraste al pantano por un camino de terracería semiasfaltado. La grava mojada crujía bajo las llantas mientras los ruidos del pantano se hacían cada vez más presentes.

Me deslicé entre los árboles con una facilidad que nunca sería capaz de otorgarme el concreto. Húmedo, oscuro y lleno de ojos; mi hogar te observaba acercarte a una cabaña en medio de un claro, la única que había en varios kilómetros a la redonda. El viejo molino, cuyas extenuadas aspas rechinaban despacio, tenía las patas lastradas por muñecos viejos hechos de trapo, amuletos protectores grisgrís, fotografías, listones y trozos de ropa fijadas a la madera con largos clavos negros. Estatuas de San Expedito de distintos tamaños yacían repartidas por el porche de la vivienda acompañadas de botellas de licor vacías, cirios y collares del *Mardi Gras* entrelazados con rosarios católicos, los cuales también colgaban en los árboles de los alrededores.

Conocías el lugar, o al menos, sabías de su existencia, pero nunca habías tenido el gusto de ver la cabaña en persona. Tenías entendido que era muy, muy vieja y que sus maderas, verduzcas por la humedad, habían sido reemplazadas varias veces a través de los años; algunas personas decían incluso que la casa había sido parte de una cruel plantación.

Yo mismo podría decirte si era verdad o no, pero había cosas que hasta alguien como yo prefería olvidar.

Bajaste del coche con prisa, sosteniendo una bolsa en la mano bajo el cielo cada vez más gris. Al acercarte, el terreno abierto que se extendía detrás llamó poderosamente tu atención; tenía rastros de lo que había sido una hoguera y símbolos dibujados con cal en el suelo, en señal de que tenía poco de haber sido utilizada, puesto que la lluvia todavía no se los había llevado. También había un gallinero y un pequeño corral vacío.

El lugar olía a paja quemada y petricor, con un resabio metálico y desagradable que se te quedaba impregnado en la lengua.

No te cabía duda. Ése era un verdadero sitio de culto, aunque hacía varias décadas que ninguno de los nuestros se sentía bienvenido allí.

Te acercaste a la puerta de la cabaña. Y aunque las ventanas eran opacas y amarillentas, saturadas de más imágenes del santo católico y de veladoras a medio derretir, pudiste distinguir una silueta oscura que se movía dentro de la construcción.

Tocaste con fuerza, pero no hubo respuesta. Volviste a llamar, las sombras dentro de la cabaña se removieron de un lado a otro, pero nadie abrió.

—¡Adeline, abre, maldita sea! —gritaste a todo pulmón.

—Estoy aquí, detective.

Te sobresaltaste al escuchar a la mujer detrás de ti. Al voltear, viste que ella se acercaba por el sendero de terracería, levantándose las faldas.

—Carajo —susurraste, dando vueltas en el porche y echándote el cabello hacia atrás. Cuando ella te alcanzó, lo primero que hizo fue mirarme de soslayo.

Abrió la puerta para dejarte pasar, aunque te quedaste un segundo en la entrada.

La cabaña, si bien estaba atiborrada de cosas, era simplemente un espacio grande, sin habitaciones donde alguien pudiera esconderse. La letrina estaba afuera, no tenía chimenea, ni pasillos...

Ni tampoco gente.

Los vellos de tus brazos se erizaron, pero te convenciste de que eran tus nervios, el agotamiento o las imágenes del santo de quien parecía ser devota la bruja, las cuales cubrían las paredes en pinturas, estatuas y bordados.

Un saturado altar yacía instalado en el fondo de la cabaña, tan largo que cubría la pared de lado a lado. El morado predominaba en las velas fundidas, las flores secas y las telas, mientras que las botellas repartidas en las estanterías rebosaban de alcohol. La fruta de los cuencos parecía podrida y todo estaba tan revuelto y empolvado que parecía que hacía años que nadie lo tocaba.

Imaginaste que si el altar carecía de huesos humanos era porque Luisiana era de los pocos estados donde estaba prohibido mantenerlos como posesión, pero los cráneos de vaca y caimán parecían reemplazarlos con eficacia.

Para desgracia de la bruja, yo estaba enredado en tu brazo en ese momento, así que no pudo evitar que entrase a la cabaña contigo. La mujer te señaló una silla sucia junto a la mesa de su improvisada cocina y te ofreció un cigarrillo, pero rechazaste ambas cosas, algo muy sabio de tu parte.

—¿Lo trajo? —preguntó.

Descansaste el bulto sobre su pequeña mesa y cuando ella lo abrió para sacar las botellas, el pecho te dolió al ver que la séptima ya había comenzado a vaciarse. Tú mismo habías contemplado cómo el licor de la sexta botella se había desvanecido ante tus ojos con el transcurrir de las horas.

Ella tomó uno de los hilos de cabello.

—¿Dice que es de cabra?

—Eso dice el maldito informe, pero estoy seguro de que no es así —respondiste, frustrado al saber que de todas maneras, no tenías tiempo para analizar de nuevo la muestra.

Después de pasar los dedos por entre la tierra fresca, ella negó con la cabeza.

—Nunca había visto algo tan terrible como esto. No sé quién podría tener tanto poder para alcanzar a su hija de esta manera sin siquiera haber hecho un vínculo con un comprador.

—Y tampoco había forma de que robara las cosas de Olivia —dijiste—. Esas mamilas no son de ella, jamás se me ha perdido una.

La bruja observó los biberones.

—El siete es el número de los Guédé —susurró—. Siete botellas. Una para cada día de ofrenda.

Sabías lo que significaba. Cuando la última botella se agotara...

Te hiciste pedazos por dentro. Diste un paso hacia la mujer.

—Por favor, dígame que es capaz de anular la garantía.

No podías creer lo que estabas pidiendo. Tú, un hombre que toda su vida había sido frío y lógico hasta el punto de vivir de eso, ahora rogabas porque una bruja rompiera una maldición. Pero tu orgullo ya no importaba, y mucho menos, el raciocinio. Sólo querías salvar a tu bebita y estabas dispuesto a creer en lo que hiciera falta para lograrlo.

Ella levantó el rostro hacia ti y te miró con lo que parecía ser compasión.

—El daño está muy avanzado —dijo, negando con la cabeza—, a estas alturas, no creo que haya forma de convencer al Guédé de no tomar la vida que le fue ofrecida, a menos que...

—¡¿A menos que qué?! —exclamaste, golpeando la mesa con tu puño. Ella alargó otra tensa pausa.

—A menos que le ofrezca otra a cambio, detective —dijo al final.

Sus palabras te dejaron tan frío que te costó reaccionar cuando ella alargó su mano para tocarte el hombro. Por suerte, retrocediste como si te hubiese acercado un cuchillo.

La bruja bajó el brazo sin permitir que la amargura se reflejara en su rostro.

—Pero no puede ser cualquier vida —aclaró, dando un paso atrás—. Si quiere salvar a su hija tendrá que asesinar a la persona que la vendió al Guédé. Es la única manera.

Las palabras salieron de tu boca sin que pudieras detenerlas.

—Louisa Fiquette —murmuraste y los ojos de la hechicera se abrieron de par en par. Tu espalda se irguió como un ciprés—. La conoce.

Ella no respondió. Tan sólo se pasó una mano por la frente y te dio la espalda para alejarse.

—¡¿Dónde está?! —exclamaste, siguiéndola para asirla del antebrazo. La bruja apretó los labios y giró la cabeza para evitar tu mirada.

Con el rostro contra el altar, *la sentí sonreír por dentro.*

—Hay un sitio… —murmuró—, tal vez allí pueda encontrarla esta noche.

—¡No puedo esperar tanto tiempo!

—Tendrá que hacerlo. Hoy es Día de Todos los Santos y habrá un ritual importante al que ella debe asistir. De otra forma, no podrá encontrarla —aseguró.

La soltaste, abrumado por la desesperación. Ella te dio unas instrucciones que grabaste en tu cabeza y a medida que hablaba, el corazón pesaba cada vez más en tu pecho.

A pesar de tu carácter, de tu terrible personalidad, nunca habías cruzado la delgada línea que te separaba entre un hombre difícil y un hombre como los que, durante más de una década, te habías dedicado a atrapar. Jamás habías tomado la vida de una persona a menos que de ello dependiera la tuya…

Pero si debías asesinar a Louisa Fiquette para salvar a Olivia, estabas más que dispuesto a hacerlo.

CAPÍTULO 23
CULTO

Viernes

Por la noche, las nubes parecían haberse detenido en el tiempo. Estaban llenas de agua, preñadas por relámpagos y viento helado, pero se negaban a dejar caer su lluvia. Cualquiera diría que eran el ojo de la tormenta, pero a mí me pareció que habían callado a sabiendas de que el huracán estaba dentro de ti.

La dirección que la bruja te había dado te llevó a un barrio de clase baja al oeste de la ciudad, un tanto inseguro, pero no tan problemático como Dixon o Desire. El sitio era silencioso, de una quietud que inspiraba resistencia y honor, gratitud a las raíces y a los espíritus del pasado.

Hoy en día este sitio sigue siendo para mí un santuario incomprendido, un refugio para las almas que no tienen cabida en otro lugar.

Conforme te acercabas, las pequeñas viviendas tomaban un aire distintivo. Las ventanas cada vez exhibían más y más veladoras en los alféizares, imágenes coloridas de santos y seres que no podías reconocer junto con colgantes que hacían música contra el viento. Pensaste que era como si la cabaña de la reserva hubiese pasado un poco de su esencia a cada una de ellas, aunque a mí me parecía que era al revés, que ella les había robado algo a todos para engrandecerse.

El olor a humo atravesó las ventanillas de tu coche y tus manos apretaron el volante al ver que un gran número de mis descendientes comenzaban a congregarse calle abajo, en el patio trasero de una casona blanca.

No lograbas ver gran cosa, pero no necesitabas hacerlo para saber que se llevaría a cabo un ritual. Había fuego, su resplandor anaranjado brillaba contra la oscuridad de la noche. Pronto habría cánticos y por encima de las voces desordenadas de los asistentes podías escuchar algún retumbo de tambor.

Te estacionaste varias cuadras atrás. Miraste el bulto rojo colocado en el asiento del copiloto y notaste que la séptima botella estaba a un cuarto de vaciarse junto con tu cordura. Nunca habías perdido los estribos ante una misión complicada, pero esta vez no ibas en calidad de detective, sino de sicario.

Me enredé en tu muñeca para tratar de tranquilizarte, pero no podía hacer nada más.

Esperaste un poco. Todas las personas que iban en dirección a la casa eran negros, por lo que tu parte latina no te serviría de mucho para pasar desapercibido.

Sólo cuando la multitud se volcó alrededor del fuego y un grito hizo callar todas sus voces, bajaste del automóvil. Te quitaste la gabardina para dejarla en el asiento y quedarte sólo con la camisa remangada; vestías del color de la noche con la esperanza de que la oscuridad te ayudase a entrar con más facilidad a la casona, pero en el fondo sabías que lo lograrías aunque tuvieras que hacerlo a punta de pistola.

La gente había ingresado a la ceremonia directamente por el jardín y las entradas estaban sólidamente cerradas y protegidas con canceles de hierro.

Por suerte, la casa tenía elevación, algo estrecha, pero la suficiente para permitir deslizarte por debajo y buscar la trampilla que te había mencionado la bruja. Aunque no te agradaba la idea de atenerte a ella, no te quedaba tiempo para buscar alternativas.

Avanzaste hacia la casa cobijado por las sombras y el estruendo de la música. Tal cual te indicó la mujer, a un costado de la construcción había unos escalones que daban hacia una puerta de entrada y, a un lado, un gran trozo de losa suelto por donde podrías meterte. Acuclillado contra los peldaños, aseguraste la Glock en el arnés de tu cadera y verificaste si aún tenías en tu bolsillo un pequeño sobre de papel relleno de polvo y hierbas: un grisgrís que te había dado la bruja del pantano.

Casi lo rechazaste, pero a esas alturas no habría tenido sentido ponerte quisquilloso. Respiraste profundo y te deslizaste hacia el subsuelo con la linterna entre los dientes, en movimientos que parecían imitar muy bien los míos.

Debías apresurarte.

La cavidad estaba completamente oscura y cubierta de maleza y humedad. Pero, aunque era frío y desagradable, el fango te permitía arrastrarte con los codos sin problemas a través del enorme entrepiso. Lo más sorprendente de todo era que, conforme avanzabas, las descripciones de la bruja se volvían más y más certeras: la pila de ladrillos debajo de donde debía estar la sala, la trampa para mapaches bajo la recámara principal y, finalmente, una especie de escultura que tuviste que observar dos veces para comprender lo que era.

Tú lo habrías llamado tótem, pero yo sabía que era algo muy diferente. Estaba hecha de palos y huesos entrelazados con trozos de tela roja. Era grande y bastante horrenda, colocada justo debajo de la trampilla.

Apretaste los puños con fuerza al ver que, en una de las tres cabezas hechas con trozos de cráneos de mapache y sogas, se había incrustado una mandíbula humana.

—Bastarda… —susurraste, imaginando que tal vez allá arriba encontrarías mucho, mucho más.

Te acercaste un poco más e iluminaste hacia arriba, en dirección a la trampilla, para buscar dónde empujarla. Según la bruja, no tendrías problemas para levantarla y al encontrar una manija oxidada en el borde, supiste por qué.

Parecía ser que habían instalado mal aquella entrada, porque realmente sólo podía abrirse desde donde tú estabas, en el subsuelo.

Escuchaste la maleza revolverse a tus espaldas. Apuntaste rápidamente hacia atrás con la linterna, pero no había más que escombros y fango. Ni siquiera el aire se colaba debajo del desnivel.

No le prestaste más atención, tal vez sólo fueran ratas. Al iluminar de vuelta la trampilla, la escultura de huesos ya no estaba. Te quedaste inmóvil, aguantando la respiración y atento a cualquier ruido además de los tambores del exterior.

Nada.

El sudor te acarició la nuca, así que tensaste la mandíbula y te lanzaste hacia la trampilla… pero algo te sujetó la pierna y te arrastró hacia atrás.

Los tambores retumbaron como si estuvieran junto a tus oídos. Gritaste y la linterna cayó de tus manos, porque aquello que te había atrapado te jalaba a gran velocidad.

Soltaste una patada, pero golpeaste aire vacío; intentaste aferrarte a la tierra con las uñas, pero no podías contra la fuerza espectral. El corazón se te paralizó al ver que la linterna se volvía un punto blanco cada vez más pequeño; aquella cosa te arrastraba, te arrastraba y te arrastraba, pero no lograbas tocar el muro del subsuelo, como si te estuviese jalando por un túnel infinito.

Y entonces, recordaste el amuleto de la bruja.

Sacaste aquel sobre de papel y lo destrozaste en tu mano. El polvo mezclado con hierbas se esparció por tu palma y cuando lo arrojaste hacia la fuerza que te tenía aprisionado, el grisgrís se elevó como una espesa nube y te entró a los ojos, cegándote por unos segundos.

Aquello te soltó.

Al abrir los párpados, casi gritas de nuevo al ver que tenías la linterna en la mano, y que otra vez estabas frente a la horrenda escultura de huesos. Parpadeaste una y otra vez, pero tu cabeza humana no podía asimilarlo, ¿era real *todo* lo que te estaba pasando?

Derribaste aquella cosa de un manotazo y te colocaste bajo la trampilla, aferrándote con fuerza a la manija de metal y jadeando como si hubieras atravesado un pantano entero a nado.

—*Cálmate, cálmate, cálmate...* —susurraste, intentando sobreponerte al *miedo*.

Eras humano, tenías todo el derecho del mundo de sentirlo, y más cuando tu temor no se debía a las cosas sobrenaturales que estabas experimentando, sino a la sensación de que tal vez estaban superándote y no ibas a...

No. No podías permitirte ese pensamiento mediocre. *Olivia te necesitaba.*

Giraste la manija y empujaste arriba para arrastrarte dentro de una estrecha alacena, atiborrada con cosas que no parecían precisamente comida. Una luz tenue se colaba por debajo de la puerta y no escuchabas voces del otro lado.

Sacaste la pistola y abriste para encontrar una cocina de paredes amarillentas que cumplía la función de todo, menos de cocina. La iluminación provenía de veladoras negras que cubrían las superficies, mientras que mantas de estampados morados y negros bloqueaban las ventanas para evitar que alguien viera lo que había allí dentro.

Y con razón.

—Mierda... —susurraste.

De un lazo clavado por todo el largo de una pared, más de una docena de gallinas decapitadas colgaban cabeza abajo para que la sangre se vertiera sobre cuencos de metal. Un montón de botellas de ron nuevas estaban repartidas por todos los anaqueles de aquella cocina, acompañadas de canastas de chiles, cajas de habanos, latas de café y barajas de apuestas. Imágenes del arcángel San Gabriel y de San Martín de Porres tapizaban las paredes donde no yacían cadáveres.

Caminaste hacia la enorme mesa de la cocina, colocada en medio de aquellas ofrendas. Y cuando viste una franela roja, extendida de par en par con siete botellas encima, echaste atrás el seguro de tu arma en una mezcla contradictoria de rabia y alivio, porque era obvio que estabas en el sitio de culto correcto.

Entrecerraste la mirada al ver que, en medio de las botellas, había una vieja fotografía polaroid debajo de una única veladora roja. Te ibas a acercar a tomarla, cuando la puerta de la cocina se abrió a tus espaldas. Diste media vuelta con la Glock en alto y quedaste congelado de la impresión.

Vestía completamente de blanco, pero su pecho estaba manchado de sangre al igual que el largo cuchillo en su
mano. Entre cincuenta y cincuenta y cinco años de edad, la
piel negra como la noche y el cabello tan rizado como el de
tu propia hija.

Conocías bien a esa mujer a la que habías venido a asesinar.

—¡Alphonine!

CAPÍTULO 24
CAPLATA

Viernes

"*En cuanto la vea, sabrá que es ella. La mujer vestirá ropas blancas manchadas de abundante sangre y portará un cuchillo ritual. Intentará disuadirlo, detective, pero no puede dejar que lo engañe. Debe matarla de inmediato, de lo contrario… su bebé no sobrevivirá.*"

Pero no lo hiciste. No la asesinaste tal cual te indicó la bruja.

De hecho, no podías moverte y te costaba respirar por el azoro. O tal vez fuera mi cola, enroscada con firmeza alrededor de tu dedo para impedir que apretaras el gatillo.

—Alphonine —repetiste—, ¿qué…?

—Aquí mi nombre es *Zema*, detective. Mamá Zema para mi gente, si le parece.

—Pero, no, ¡no! —te llevaste una mano a la cabeza—, vine aquí a buscar a Louisa Fiquette, yo…

Ella se te acercó y levantaste el arma de nuevo. Mamá Zema apretó los labios y dejó el cuchillo sobre la mesa para volver a retroceder.

—Eras tú… —susurraste sin poder creer tus propias palabras—, ¡fuiste tú todo este tiempo!

—Por Bondye,[8] detective —exclamó—, ¿cómo es que pudieron engañarlo de esta manera tan cruel?

—¡NO ME MIENTAS, CARAJO! ¡¿Piensas que soy imbécil?! ¡Mira toda esta mierda!

Tu grito resonó contra los cadáveres del muro. Despacio, ella levantó las manos ensangrentadas. Notaste que también tenía rastros de cal.

—Salvador —dijo lo más serena que le fue posible—, tiene que escucharme...

—¡No tengo por qué hacer nada! —replicaste con la mandíbula apretada—. Dejaste de ayudarme porque sabías que tarde o temprano daría contigo, desgraciada, y ahora que lo hice, voy a *salvar* a Olivia...

Su cara se contrajo por la angustia y el desconcierto.

—La hija de Malen, de Broussard —susurró—. No puedo creerlo, ¿le llegó un bulto también a usted?

Te bastaron tres zancadas para alcanzar a Mamá Zema. La tomaste del cuello y la estrellaste contra la pared, para luego empujar el cañón de tu pistola contra su sien. La sangre de las gallinas goteó sobre ambos, pero no te importó.

—¿Te parece divertido, cabrona?, mataste a todos esos niños, ¡y ahora quieres quitarme también a *mi bebé*!

Ella permaneció firme bajo tu agarre.

—Tengo pruebas de que se equivoca...

—¡No voy a escuchar tus malditas mentiras!

El arma estaba libre de seguro. Mamá Zema cerró los ojos unos segundos y tragó saliva.

---

[8] Del francés *bon Dieu*, que significa "buen Dios". Bondye es considerado en el vuduismo como la deidad creadora de todas las cosas. Los Loas son los intermediarios entre Bondye y la humanidad.

—Si en realidad he hecho un pacto con un Guédé para entregar a Olivia Hoffman, entonces debería tener aquí algo que le pertenezca a ella, ¿no cree? Un biberón, una manta, un trozo de ropa... o una fotografía —su mirada se desvió hacia la mesa, donde yacía aquella vieja polaroid bajo la vela.

Aquello casi te hizo apretar el gatillo. La sacerdotisa *mambo* estaba reafirmando tu paternidad sobre Olivia para ablandarte.

—Hija de puta, no caeré en tus trampas otra vez... —susurraste.

—Nada le cuesta, detective. Está a un solo paso de matarme sin remordimientos.

Apretaste los labios y lo pensaste un instante que a la mujer se le hizo eterno. Diste un paso atrás.

—Muéstramela.

Ella me miró unos segundos y yo asentí. Se acercó hacia la mesa y retrocediste, pero sólo para dejarla pasar y apuntar el cañón sobre su nuca. La *mambo* sacó la fotografía de debajo de la vela y se giró despacio para levantarla frente a tus ojos.

El primer segundo te costó entender qué era lo que estabas viendo.

—¿Adeline Davis? —dijiste.

Apretaste los párpados para asegurarte de que no delirabas. Y no, porque no cabía duda de que ésa era la mujer con la que te habías encontrado en el cementerio y el pantano.

Pero lo increíble no era eso, sino que *no estaba sola*. A su lado estaba Sophie, una mujer que había muerto doce años atrás. Sophie sostenía la cámara y ambas estaban sentadas en el porche de la cabaña, rodeadas de las estatuas de San Expedito.

Y en la fotografía, la bruja seguía viéndose exactamente igual que esa mañana.

—Su nombre real es Marie Laurele Fiquette —dijo Mamá Zema—. Ella es la *caplata*[9] a la que busca.

—No, ¡no, es imposible! —negaste, agitando la pistola—, ¡no había registros de ninguna Laurele!

—Ella es capaz de arrancar la vida de las personas sin tocarles un cabello —insistió—. ¿Usted cree que no podría encontrar la manera de borrar su propia existencia del registro *humano*?

El corazón de la mujer se ralentizó cuando finalmente bajaste el arma.

—Lo que usted ve aquí, detective Hoffman, no es una fábrica de bultos, aunque lo parezca —dijo, alzando el brazo a su alrededor—, lo que he estado intentado hacer durante los últimos meses es traer de vuelta el favor de los Guédé, porque desde hace doce años, esa familia de Loas dejó de prestar atención a sus servidores de Nueva Orleans. Me tomó un tiempo comprenderlo, pero ni yo ni el resto de las sacerdotisas decentes de esta ciudad nos atrevimos a insistir mucho por respeto hacia ellos. Nos volcamos en servir a los Petro, a los Rada —ella volvió a mirarme un instante—, pero nunca, nunca creí que si la familia de la muerte había dejado de respondernos, era porque Laurele Fiquette los había acaparado por completo. San Expedito fue, de hecho, el primer santo en ignorarnos. Y ahora puedo entender por qué.

"Quien pueda estar haciendo estas garantías en el Nuevo Mundo no sólo debe ser tremendamente poderoso, sino también estar muy favorecido por algún Guédé."

---

[9] Equivalente femenino del *boko*, véase nota de la página 142.

Las palabras de Laurele te quemaron en la cabeza como ácido.

—*Hija de puta, ¡hija de puta!* —exclamaste—, pero su apariencia, su edad, ¡nada de eso concuerda con el perfil! ¿*Cómo*...? La *mambo* tomó aire y aguantó las lágrimas que pugnaban por escapar.

—Louisa Fiquette, la mujer que usted vino a buscar, es la hermana menor de Laurele y la víctima más grande de su crueldad —dijo con la voz quebrada—. Desde que esa bruja tomó lo que más le importaba en el mundo a su hermana pequeña, dejó de envejecer en apariencia externa, aun cuando por dentro siga pudriéndose como cualquiera de nosotros.

Enterraste una mano entre tus cabellos presa de la desesperación.

—Laurele me dijo que si quería anular la garantía debía entregar la vida de quien pactó por mi hija, ¿es eso verdad? ¿Si mato a Laurele, Olivia se salvará?

La mujer miró con angustia hacia el bulto.

—¿Por qué Laurele querría la vida de su hija, sin más, sin pedir nada a cambio al Guédé al que le está ofreciendo ese sacrificio? ¿Qué ganaría con eso? —preguntó más para sí misma que para ti.

—¡¿Cómo que por qué?! —exclamaste—, ¡porque fui yo quien desenterró sus asquerosos bultos y ahora quiere hacerme pagar por ello!

La *mambo* no levantó la mirada de la ofrenda, pero al final asintió.

—Entonces, si fue ella quien ofreció a su hija, sí. Con su vida, la deuda quedará saldada.

Todos mis huesos se retorcieron ante sus palabras, pero aquello fue suficiente para ti. Guardaste el arma y corriste para abandonar la cocina, pero Mamá Zema te tomó del brazo para detenerte en el umbral.

—¡¿Qué rayos quieres?! ¡¿No ves que tengo que detener a esa bruja?!

—Y exactamente por eso debo advertirle algo, ¡y escúcheme bien, es importante!

—¡¿Qué cosa?!

—¿Todavía no entiende por qué aquel niño que se supone llevaba tantos días muerto lo miró esa noche como si estuviera vivo, detective?

Sus palabras hicieron que, por un segundo, volvieras a esa escena tormentosa. Ella aprovechó tu desconcierto para continuar.

—En Haití, la muerte no es el castigo más terrible que puede sucedernos —dijo con cuidado—; por largos y sangrientos siglos luchamos para conseguir nuestra libertad y estar aprisionados en una cárcel aún después de morir es peor que el infierno, porque eso sería como volver a la esclavitud. Por eso, si el pactante no paga, los niños reciben a cambio la tortura más cruel de nuestra cultura: la zombificación.

—¿Zombi…? —exclamaste—, ¡¿los niños se vuelven zombis?!

Pensaste en los casos, en todas las personas que habían "asesinado" a los niños después de que éstos habían sido zombificados. Te preguntaste si en realidad, lo que algunos habían intentado hacer era liberarlos de tan terrible sufrimiento.

Esperaste que la *mambo* te dijera que todo aquello eran patrañas, pero para tu repulsión, asintió.

—Tiempo de gracia —te dijo—. Una vez que se ha cumplido el favor pedido al Guédé, hay un tiempo de gracia para que el pactante entregue el alma del niño. Pueden ser días, semanas, meses... pero si el Guédé ve que la persona no tiene intenciones de matar al infante, recurre a la garantía.

Miraste hacia aquel horroroso artefacto.

—Siete días... —susurraste y ella asintió.

—Así es. El pactante tiene siete días para entregar el alma del niño, el Loa enfermará al infante progresivamente durante el plazo. Y cuando éste muera, se encerrará su alma dentro de su propio cadáver y no saldrá de ese estado hasta que la persona que vendió su vida muera también.

—Entonces, si no detengo a Laurele...

Ella asintió.

—Dese prisa, detective —ordenó—, y por lo que más quiera, *no permita que Laurele convierta a su hija en un zombi*.

CAPÍTULO 25
UNA MUJER INOCENTE

Viernes

—**M**aldita sea, ¡levanta la radio, cabrón! —murmuraste al escuchar que, al segundo tono, nadie respondía. Finalmente, al cuarto, una voz gruesa respondió del otro lado.

—Aquí Miller.

—Carajo, ¡en buen momento se te ocurre contestar! —exclamaste, furioso.

—¿Quién diablos es?

—Soy el detective Hoffman, imbécil —el chico del otro lado del canal tensó la quijada—. Mira, estás a sólo cinco minutos del Hospital Tulane, tienes que...

—¿Qué? ¡¿Me está dando órdenes, después de todo lo que...?!

—¡Cierra la puta boca y escúchame!

—No tengo tiempo —cortó él—. Mi compañero y yo vamos a bajar a esposar a unos sospechosos ahora mismo.

—¡No, no, maldita sea! Necesito que vayas al hospital y detengas a cualquiera que se acerque al cunero número...

El silencio del otro lado te respondió en su lugar. Tared Miller había interrumpido la recepción de frecuencia.

—No, ¡NO, MALDITA SEA!

Volviste a apretar el botón dos veces, pero a la tercera, era obvio que habían apagado la radio por completo. Habrías reventado tu aparato en el piso de tu automóvil de no ser porque no podías darte el lujo de perder comunicación, así que intentaste algo más.

—¿Hoffman?

—¡Capitán! Por favor, escuche, necesito que envíe a un agente a cuidar a mi hija al hospital. ¡Llame al celular de Miller y exíjale que vaya, es quien está más cerca!

—¿Qué? ¿Por qué? ¿Qué está sucediendo?

—No puedo explicárselo ahora, sólo confíe en mí, ¡por lo que más quiera!

—De acuerdo, de acuerdo, dame un momento —una eternidad pasó antes de que volviera a hablarte—. Calvin estará allí en veinte minutos. Ni Miller ni su compañero responden la radio.

—¡Carajo! ¿No puede alguien llegar más rápido? ¡El *pinche* hospital no me contesta!

—Lo siento mucho, Hoffman, es Día de Todos los Santos y estamos escasos de personal, ¿adónde diablos vas tú?

Terminaste la comunicación y presionaste el acelerador hacia la reserva. Cuando llegaste al sendero de terracería que conducía a la cabaña de Laurele, dos patrullas de policía ya te esperaban allí.

Al ver tu vehículo detenerse de súbito, un agente corrió hacia tu ventanilla.

—¿Sigue allí? —preguntaste, y el hombre asintió.

—Venimos en cuanto nos llamó, detective, y alcanzamos a verla entrar a pie. No ha salido.

—¿Qué hay de caminos alternos?

—La ciénaga rodea la propiedad, así que la única forma en la que habría escapado sería en un bote pequeño, pero no hay muelles ni suelo firme donde pudiera anclarlo. Alertamos a un par de guardaparques también, pero...

—De acuerdo, quédense aquí por cualquier cosa. Voy por ella —dejaste a aquellos hombres atrás sin darles oportunidad de responder. Los faros de tu coche iluminaron con intensidad la noche, los árboles, el pantano, pero en cuanto llegaste a la cabaña...

—¡¿Qué demonios?!

El lugar estaba desierto. Los collares, las velas, los rosarios y las imágenes de San Expedito habían desaparecido. Y no sólo eso, las patas del molino estaban limpias, sin rastros de los amuletos que esa misma mañana habían estado clavados en ellas. Tampoco había señales del corral, ni del gallinero.

Cuando una silueta se movió detrás de la ventana, bajaste del auto y corriste hacia la puerta para abrirla de una patada. Un viento gélido te heló el cuerpo al entrar.

Estaba completamente vacía. El altar, las velas, las flores, los muebles, la cocina de Laurele. Todo se había ido y hasta el suelo estaba cubierto con una gruesa capa de polvo, como si no hubiera sido barrido en años.

Y las únicas pisadas que había allí eran las que habías dejado tú esa mañana.

—No, no, ¡NO! ¡¿ADÓNDE SE FUE, MALDITA?! —gritaste como nunca en tu vida.

Saliste por la puerta trasera para buscar marcas de huellas, llantas, algo que te indicara por dónde se había ido la bruja junto con toda su basura, pero no encontraste más que los restos de la hoguera.

Estabas a punto de dar media vuelta, cuando algo de entre las cenizas llamó tu atención. Te acercaste y te agachaste para tomarlo entre tus dedos.

Temblaste de arriba abajo. Era un trozo de franela roja. La dejaste caer al suelo y las cenizas se barrieron con el peso de la tela. También había trozos diminutos de papel, restos de lo que había sido una caja de cartón, vidrio roto... Laurele lo había quemado todo. Hasta la última evidencia.

Estabas a punto de gritar de nuevo, cuando el tono de emergencia de tu radio lo evitó.

—Salvador, recibimos una llamada de tu vecino, ¡tienes que ir ahora mismo! —la sangre se te heló en las venas al escuchar la voz de tu capitán—. Acaba de ver a una mujer entrar a tu casa con Olivia.

Sentiste como si te hubieran arrancado el estómago.

—¡¿Qué?! ¡¿Pero cómo carajos pudo alguien secuestrarla del hospital?!

—Parece que no la tomó por la fuerza, parece que *se la entregaron*. Calvin me lo acaba de confirmar por el otro canal.

—¡HIJOS DE LA CHINGADA! ¡¿Quién autorizó que se la dieran a Laurele Fiquette?!

—¿Fique...? ¡¿De qué estás hablando, Hoffman?!

—¡La maldita bruja que vine a buscar, ella...!

—¡No, no, escúchame! —exclamó—, quien se llevó Olivia no fue una mujer llamada Laurele.

—¿Qué? ¿Entonces quién...?

—Fue su madre: Rose Broussard.

CAPÍTULO 26
UN AMOR CRUEL

Sábado

Con la sirena encendida y a más de ciento veinte kilómetros por hora, tardaste veinte minutos en llegar desde el oeste de la reserva hasta tu casa. El lugar estaba sitiado por patrullas, con la noche iluminada de danzantes luces rojas y azules mientras la lluvia de medianoche lo empapaba todo. La presencia de una ambulancia casi paraliza tu corazón.

Tu capitán corrió a tu encuentro.

—¡Hoffman!

—¡¿Dónde está, dónde está Olivia?! —gritaste a todo pulmón, asiéndolo de los brazos.

—¡Calma, muchacho! —exclamó—. Ella está con vida. Tu vecino intentó entrar para rescatarla antes de que llegáramos, pero la señora Broussard lo acuchilló y lo envió fuera con esto en el bolsillo —el capitán te alargó tu radio del monitor de bebés—. Nos ha estado enviando señales desde entonces. La niña no ha parado de llorar.

El aparato estaba manchado de sangre, y la incertidumbre que se apoderó de ti fue tan honda que ni siquiera quisiste mirar hacia la ambulancia o preguntar por el estado de salud de aquel pobre hombre.

Temblando de pies a cabeza, te llevaste la radio a los labios y apretaste el botón.

—Rose —llamaste con toda la firmeza que pudiste—. Por favor, Rose, conteste.

Estabas a punto de planear por dónde entrar de forma furtiva a tu propia casa, cuando la estática de la radio zumbó.

—Detective Hoffman, ¿es usted?

El corazón te volvió a latir cuando, detrás de la voz suave de aquella mujer, escuchaste los llantos de Olivia.

—Por favor, por favor, no la lastime, por lo que más quiera... —pediste con la voz quebrada mientras, a tu lado, el capitán se quedaba sin aliento.

Nunca te había escuchado suplicar.

—Acérquese —dijo—. Quiere saber qué pedí a cambio de Olivia, ¿verdad?

Tu alma terminó por escaparse del cuerpo al escuchar aquellas palabras. Laurele no era a quien debías asesinar, porque ella no había vendido tu bebé a los Guédé. Había sido su propia madre.

—¿Cómo? —bramaste—, ¡¿cómo pudiste hacerle eso, hija de puta?!

—Venga y lo descubrirá, detective.

Apretaste el aparato con fuerza y bajaste el brazo. Tu capitán te puso una mano en el hombro.

—Hoffman, no tienes que hacerlo —susurró—. Podemos esperar un poco más, el equipo SWAT está en camino.

Pensaste en la delgada línea de ron en la botella que se evaporaba sobre el suelo de tu coche. Tiempo era lo último con lo que contabas.

Miraste hacia la entrada de tu casa; las luces estaban encendidas y la puerta se abría de par en par. Con la radio en mano y aún escuchando a tu pequeña, sacaste la glock del arnés y comenzaste a avanzar por el estrecho camino de loza. Todo el mundo contuvo el aliento a tus espaldas y yo te seguí a través de la lluvia.

La situación devino en *déjà vu* y sentiste muchísimo miedo, porque sabías cuáles habían sido las consecuencias de la última vez que entraste a negociar por la vida de una persona.

No. De ninguna manera.

Sacudiste el agua de tu cara con furia y apretaste con firmeza la culata de tu arma entre los dedos, quitando el seguro. Olivia no iba a terminar como su padre y estabas dispuesto a morir para asegurarlo, si hacía falta.

Al llegar a tu porche encontraste un espeso rastro de sangre que corría desde el interior de la casa hasta los escalones. Marcas de manos salpicaban el parqué, en señal de que tu vecino se había arrastrado para salir.

Normalmente habrías entrado a toda velocidad, pero estabas tan asustado que apenas podías moverte. Te empujé la espalda con cuidado y seguiste las marcas de sangre por todo el pasillo, escaleras arriba. El rojo contrastaba de forma violenta contra el tapiz de tus paredes, una imagen que te costaría muchos años olvidar.

Me sentí débil de pronto y el arcoíris de mis escamas perdió su color, como si mi hogar me llamase a descansar. Estaba interviniendo demasiado y comenzaba a sufrir las consecuencias de ello, pero aun así, te seguí.

Finalmente, el sendero te llevó hacia el cuarto de tu hija. El corredor estaba vacío y la puerta entreabierta, por lo que bastó un empujón para abrirla.

La otra radio estaba sobre el alféizar de la ventana y la bebé yacía recostada en su cuna, llamándote con toda la fuerza restante de sus pequeños pulmones.

—¡¿Olivia?! —te acercaste a toda prisa, pero al abrir el velo que recubría el moisés, los llantos se apagaron. Tu hija no estaba allí. En su lugar, tan sólo se encontraba el bulto rojo que momentos antes había estado en el suelo de tu coche.

Y después, lo único que percibiste fue el agudo dolor de una hoja de metal fisurando tu omóplato.

Los llantos de tu bebé llenaron de nuevo tus oídos y el dolor del hueso perforándose te hizo apretar los dientes y arquearte hacia atrás. No fue hasta que Rose Broussard te clavó el cuchillo, esta vez entre las costillas, que soltaste un grito.

Intentaste dar la vuelta y apartarla con el brazo para dispararle, pero la agonía fue tan aguda que tus rodillas se doblaron, como si hubiera sabido exactamente dónde clavar el arma para dejarte completamente indefenso. Tu mano luchó por mantener el control de la pistola y apuntar, pero la mujer no te dio oportunidad.

Allí, contra la cuna de tu propia hija, Rose te apuñaló una, dos, tres veces más en pecho y vientre hasta que te dejó tendido sobre la alfombra empapada de carmín.

—Ahh, ahh, Olivia… —gimoteaste, probando el sabor de la sangre en tu garganta cuando caíste boca arriba.

La mujer tomó tu arma del piso y la dejó sobre la estantería con peluches. Se inclinó de nuevo hacia ti, te sujetó del cuello de la gabardina y te arrastró por el suelo bajo un temple de inhumana indiferencia. Intentaste luchar contra su agarre, pero todo daba vueltas, el dolor te dificultaba respirar.

—¿Alguna vez ha amado a alguien con tanta fuerza que sería capaz de hacer lo que fuera por esa persona? —preguntó después de ponerte contra la pared, junto a la puerta de la habitación.

—Rose... —murmuraste—, hija de... perra...

El pecho te dolía demasiado y cada herida que ella te había abierto parecía dejar entrar aire helado en tu cuerpo. Tu respiración comenzó a volverse un silbido.

—Sí. Creo que sí lo ha hecho, detective —dijo, para después retroceder de nuevo hacia la cuna.

—¿Dónde está...?

Ella estiró los brazos dentro de la cuna. Y, ante tu incredulidad, Olivia apareció. Te retorciste de angustia cuando la pequeña lloró con las pocas fuerzas que le quedaban al ser sostenida por Rose.

—No, ¡no la toques, ahhh! —gritaste, lo cual te dolió como si te hubieran apuñalado de nuevo.

Tu bebé, débil, gimoteó y movió sus pequeñas piernas contra aquella mujer que se hacía llamar su madre. Su cabeza giró hacia ti y, en cuanto te vio, estiró el bracito para alcanzarte.

Nunca te sentiste tan miserable como en ese momento.

—Todo estará bien, amor —le dijiste, cubriéndote una de las heridas que te había abierto en el costado—, papá está aquí...

Rose rechinó los dientes.

—¿Amor? —chilló, agitando a Olivia con violencia—. ¡Malen era el amor de mi vida y ustedes me lo arrebataron, miserables!

La pequeña lloró ante la sacudida e intentaste levantarte, aunque ni siquiera con mi ayuda pudiste apoyar la pierna contra el suelo.

El dolor me sacudió por dentro y me hizo retraerme.

—¡No! ¡Ella no te ha hecho nada! —exhalaste entre jadeos, intentando mantener la conciencia—. Es una niña inocente, por favor...

Ella miró a Olivia y una mueca de desprecio se dibujó en su rostro.

—Yo siempre supe que Malen no me amaba —confesó—. Que era un hombre bueno y que podía ver que yo estaba... podrida. Así que tuve que pedir que me lo dieran de todas maneras.

Se acercó a ti, con tu bebé en un brazo y el cuchillo en el otro. El corazón casi se te sale por la garganta cuando ella pasó la punta de la hoja por la mejilla de la pequeña.

—Pero aun así, hice todo lo posible porque él fuera feliz —dijo, como si tuviera que justificarse ante ti—. ¿Quería una casa? Yo se la di. ¿Quería una carrera de policía? Yo se la di. ¿Quería una familia? —su rostro se torció hacia Olivia en una sonrisa grotesca—. *Yo se la di.*

—Tú no le diste nada, zorra egoísta —gemiste—. Se lo compraste todo a una... bruja...

La sonrisa se borró de su rostro y sendas lágrimas comenzaron a bajar de sus mejillas.

—Y aun así, él la prefirió a ella desde el primer instante —dijo, apretando a Olivia con rabia. La pobre ya estaba tan débil que apenas se quejó—. Todo lo que Malen hacía, todo lo que trabajaba, todo su amor y su esfuerzo eran para *ella*, no para mí.

—Rose, por lo que más quieras, por favor...

—Abandoné a esta niña porque nada quería saber de ella —continuó, sin escucharte—, no era mía, sino de mi esposo, después de todo, pero cuando Laurele me dijo que había una forma de recuperar a mi Malen, acepté hacer el pacto. Sólo tuve que regresar a buscarla.

Rose te dio la espalda para volver a la cuna y poner a la bebé sobre el colchón. Y por unos segundos, fue como ver la silueta de tu madre.

—¿Por qué... dejaste ese bulto... en mi casa? —preguntaste.

—Para torturarlo, por supuesto —dijo, arrancando el velo y bajando las barras para que pudieras ver a *tu* hija. O lo que pretendía hacerle—. Para que sintiera la frustración de ver algo que le importa desvanecerse. Pero ya fue suficiente. Es hora de que Olivia me regrese a mi Malen...

Ella sostuvo el cuchillo en alto y su brillo escarlata resplandeció contra la luz.

No eras más que un simple humano, pero no necesitabas ser algo más para lograr cosas extraordinarias.

—¡NO!

Haciendo acopio de todas tus fuerzas, doblaste las rodillas y plantaste bien los pies en el suelo, sin siquiera necesitar mi ayuda. Te dolió como los mil infiernos, pero te levantaste y corriste hacia Rose Broussard. La empujaste con tu propio peso, con tanta fuerza que la cuna se giró con violencia hasta volcarse.

Las botellas del bulto aparecieron entre las cobijas y se desparramaron por el suelo, y tanto tú como la mujer se estrellaron contra la ventana de atrás, reventando los cristales.

Los gritos de la policía entraron como un huracán a la habitación. Rose se aferró al travesaño, cortándose las manos con los vidrios rotos y te apartó de un codazo; la pérdida de sangre hizo que tus piernas perdieran fuerzas y cayeras de costado contra el suelo.

Escuchaste al equipo de rescate entrar a tu casa y retumbar por la escalera.

—¡Policía, policía!

Pero justo cuando uno de los hombres apuntó con su arma hacia Rose, la puerta del cuarto se cerró en su cara. Otro de los oficiales la pateó para intentar abrirla, pero ésta no se movió. Y, como si hubiese caído una cortina de hierro, las sirenas, los gritos, los golpes contra la madera... todo enmudeció.

Mi cuerpo se torció en una *ese* y viré hacia el umbral. Tú no podías verlo, pero el Loa que sostenía la puerta *me miró fijamente con sus cuencas vacías*... y sonrió.

Al ver que te arrastrabas hacia Olivia, Rose recogió el cuchillo de la alfombra y te pisoteó el omóplato. Soltaste un grito cuajado de sangre y la mujer pasó por encima de ti. La tomaste del tobillo en un esfuerzo desesperado, pero le bastó sacudirlo para librarse de tu agarre.

Se arrodilló contra la cuna y revolvió las cobijas hasta sacar a la bebé.

—¡N-no, R-Rose! —te impulsaste sobre tus codos—, ¡NO!

Ella levantó el cuchillo y puso a Olivia boca arriba.

—No... —susurró— ¡NOOOOO!

Cuando aquella mujer hundió el filo en el pecho de Olivia, tus heridas dejaron de dolerte, tus pulmones dejaron de intentar respirar. Toda tu vida se detuvo sin más.

Rose arrancó la hoja y observó a la bebé, para luego dejar caer el cuchillo al suelo y levantarse. Estabas inmóvil, mirando a tu hija desangrarse en el suelo mientras el monstruo que la había parido retrocedía, gritando *"no, no"* una y otra vez. Golpeó las paredes, azotó su cabeza contra los muros, derribó la estantería... las marcas de sus manos quedaron estampadas en tu pared.

Y entonces, la cabeza de Olivia giró hacia ti. El brillo hermoso de sus ojos oscuros había desaparecido y ahora sólo te observaba con un inmenso vacío, tal como lo hizo el niño de aquella noche.

Las botellas del bulto, todas y cada una de ellas, estaban completamente vacías.

Ya no pudiste contener las lágrimas.

—Olivia —sollozaste, arrastrándote de nuevo hacia ella—. ¡Mi Olivia...!

Y así, en el suelo, abrazaste a tu bebé con las últimas fuerzas que te quedaban. Le acariciaste la cabeza, le enjugaste la sangre del rostro, pero ella sólo te miró con los ojos nublados. Estaba pálida y rígida, ni siquiera sentías su respiración. No recargó su cabecita en tu pecho como siempre lo hacía.

Era como abrazar una lápida.

—Casi parece que está viva, ¿verdad? —dijo aquella atroz mujer, con la cara cubierta de sangre por las heridas que se había abierto tras golpearse contra el muro.

La crudeza de sus palabras te perforó más que una bala. Apretaste a Olivia contra ti y lloraste sobre su cabello. Su cuerpo se enfriaba con rapidez y aunque no había forma de que pudiera decírtelo, tú sabías muy bien que estaba sufriendo.

Eras su padre, después de todo.

—Mi niña, Olivia... —gemiste y tu llanto me destrozó.

Ni siquiera te importó que Rose recogiera el arma del suelo. Se acercó a ti pero tú sólo te hiciste un ovillo con tu bebé contra el pecho, temiendo que quisiera arrebatártela de los brazos.

—Yo habría podido vivir con una versión así de mi esposo, ¿sabe? —susurró, señalando a Olivia con el arma—. ¿Y usted?

Sentías que te helabas, pero ni así levantaste la barbilla hacia la cruel bestia que tenías frente a ti. Tus últimas palabras, tu último aliento, tu última mirada... todo iba a ser para tu hija.

Aquella mujer levantó la pistola.

—Supongo que nunca podrá saberlo, detective. Pero al menos, hoy dormiré tranquila en *Guinee* —dijo, sonriendo—. A usted, en cambio, todavía le quedan muchos, muchos años más de dolor.

Y entonces, Rose Broussard se voló la cabeza.

CAPÍTULO 27

La puerta por fin se abrió y una marea azul entró con un inmenso estruendo. Los gritos volvieron, martillearon las paredes y atravesaron de nuevo la ventana.

Pero tú no reaccionaste, ni siquiera cuando el cuerpo de Rose azotó contra la alfombra. El tiempo perdió sentido y todo fue tan lento que no sabías si seguías consciente. Si aún estabas vivo.

De pronto, comprendiste que ocupabas el lugar de aquel hombre al que habías matado meses atrás, en el laboratorio clandestino. Experimentaste el fuego de tus heridas y el sabor del hierro en tu lengua, pero eso no se comparaba con el dolor que floreció como una magnolia roja sobre tu corazón, tan inmensa que desgarró todo lo que tenías dentro.

Porque no habías logrado proteger lo que más te importaba en el mundo.

Alguien se inclinó a tu lado e intentó quitarte a la bebé, pero lo impediste encadenándola a ti con tus brazos. Te llamaron, pero no pudiste responder.

Ya no te dolían las puñaladas, habías sangrado tanto que perdiste la sensibilidad de tu piel. Todo estaba borroso por las lágrimas.

Y debajo de ti, tu niña estaba helada. Ya no te miraba, ya no se movía. Sus dedos no se aferraban a tu ropa, sus ojos estaban cerrados y su boca ya no sonreiría más.

Finalmente, Olivia se había ido.

CAPÍTULO 28
UN HOMBRE BAJO LA LLUVIA

Después del suicidio de su esposa, los familiares de Malen que vivían en Jackson solicitaron la cremación de toda la familia Broussard. Y cuando terminó el proceso, tomaron las cenizas y las sepultaron en un cementerio público de aquella ciudad. Ni siquiera tuviste opción de enterrar a tu hija porque, según la ley, nunca lo fue, aun cuando no había otra persona en este mundo que la hubiese amado más que tú.

Pero daba igual. No hubieras podido hacer algo al respecto de todas maneras, puesto que habías pasado casi un mes en el hospital; dos semanas en coma y otras dos en estado crítico. Rose Broussard te había perforado varias veces el pulmón, infringiendo heridas tan graves que hizo falta mucho más que ciencia médica para curarte.

Y cuando por fin despertaste, ya se habían llevado a Olivia.

Mamá Zema te visitó todos los días que estuviste inconsciente para asegurarse de que sobrevivieras. A cambio, la mitad de las flores de mi trozo de *Guinne* se marchitaron bajo el veneno de los Guédé; había intervenido tanto en los asuntos de los vivos y los muertos que tuve qué pagar un precio alto, pero había valido cada pétalo y sabía que, con el tiempo, mis seguidores revivirían mi jardín.

Pero, ¿quién iba a sanarte a ti, Salvador?

Todo el tiempo en el que estuviste inconsciente me quedé enrollado sobre tu pecho, escuchando el latido de tu herido corazón. Tú no habías nacido como uno de mis niños, pero juré que a partir de ahora, estaría siempre a tu lado.

Cuando despertaste, nada había ya dentro de ti. La presencia de Mamá Zema en tu cuarto de hospital te enfureció. Odiabas que no te hubiera ayudado desde el principio y aunque ella insistió en que jamás le habrías creído en primer lugar, sus palabras cayeron en saco roto.

—Hice todo lo que pude con mi alcance humano —te dijo, con el rostro lleno de lágrimas—. Y escúcheme bien, por favor: en el vudú tenemos una ley irrevocable y es que toda maldad obrada a través de los Loas, por más riquezas, fama o beneficios que nos haya traído, se nos cobrará con la misma moneda. Todas esas personas que vendieron a sus niños están muertas por una razón y algún día, Laurele terminará pagando todo el dolor que causó. Recuerde bien mis palabras y encuentre consuelo en nuestro mundo, detective Hoffman.

No la volviste a ver desde ese día, pero en cuanto ella se marchó, tampoco pudiste ver las cosas de la misma manera. Te enfrentaste a una realidad completamente desconocida para ti, puesto que ahora sabías que existían cosas más allá de tu limitada comprensión. Todo lo que habías vivido aquella noche se grabó en tu piel, en tu corazón y en tus pesadillas, y aunque aún eras lo suficientemente fuerte para no entregarte a la paranoia, tampoco ibas a olvidar que no todo era lo que parecía. Que esos cuentos de terror que escuchaste durante toda tu vida tenían su parte de verdad.

El día en el que te dieron de alta del hospital, Howard Desdune se ofreció a llevarte a casa y no tuviste fuerzas para negarte. Te sentías perdido, sin energía, sin emociones, como si estuvieses en una especie de pausa que no podías externar, así que mantuviste una coraza de silencio.

Durante el camino, tu capitán te contó que Tared Miller había sido ingresado a emergencias la misma madrugada de tu altercado. En voz baja, le pediste detalles del suceso y aunque dudó un poco, ya que no quería causarte una impresión desagradable con todo lo que te había sucedido, cedió.

El chico había sido el único sobreviviente a un atroz atentado que terminó tanto con la vida de su compañero de patrullaje como de siete personas más; no habían encontrado explicación para semejante *desmembramiento* y Miller nada recordaba sobre el incidente, pero las autoridades sospechaban que había sido causado por algún animal salvaje. Habían encontrado heridas de garras en los cuerpos, después de todo.

El capitán ofreció más detalles del suceso, como que el joven había renunciado a la policía poco después, entre otras cosas, pero nada te sorprendió. Él lo atribuyó a que estabas sedado todavía por la pérdida y aunque en parte era así, también se debía a que tú ahora conocías *la verdad*.

O al menos, te hacías una idea de ella.

Pero no fue comprender que Allen Miller tenía razón sobre su hermano, ni que tal vez hubiese algo terrible oculto debajo de esa piel humana, lo que plantó una semilla de rencor dentro de ti.

Era que si Tared Miller te hubiera escuchado esa noche, si hubiera acudido al hospital tal como se lo pediste, él no habría matado a su compañero ni a todas esas personas. Y, tal vez, Olivia seguiría con vida.

Tal vez.

Al dejarte en casa, Howard te contó dos cosas más: la primera, que tu vecino había sobrevivido al encuentro con Rose

Broussard, pero que ya no estaba en la ciudad. Al enterarse del ataque, aquella hija que por tantos años lo había abandonado había vuelto por él, arrepentida, y se lo había llevado consigo, ya que el anciano iba a requerir cuidados especiales a partir de entonces.

No supiste qué decir. Debías estar feliz de que el hombre estuviera bien, pero no podías evitar sentir que ahora un elemento más en tu vida faltaba. Y cuando tu capitán te contó la segunda cosa, se te abrió una grieta por dentro: finalmente, lo habían despedido.

Howard Desdune volvería a Carolina del Norte con su familia para no volver más a Nueva Orleans.

El hombre se marchó de tu portal dándote un apretón en el hombro y cuando su coche se perdió a lo lejos por la calle, comprendiste algo más sobre ti: si nunca le habías dado las gracias por haberte tratado todos estos años como a un hijo, es porque sentías que no lo merecías como padre.

Al entrar en casa y cerrar la puerta a tus espaldas, sentiste que estabas en un sitio enorme y diferente. Los encargados de la limpieza habían removido el tapiz y pintado todas las paredes de blanco, así como habían cambiado el parqué y la alfombra, borrando todo rastro de sangre y suciedad, como si aquella noche nunca hubiera sucedido. Todo parecía más espacioso, más… solitario.

No sabías por qué lo habían hecho y ni siquiera te importó averiguarlo, pero cuando subiste a la planta alta y abriste la habitación de Olivia, aquella coraza de silencio por fin se quebró revelando un abismo.

Habían reemplazado la ventana y la puerta. Las paredes también habían sido pintadas de blanco y la cuna, la estantería, los peluches… todo se había ido.

Olivia no regresaría.

Tus piernas perdieron fuerza y te deslizaste por el marco de la puerta hasta sentarte en el suelo. Te llevaste las manos a la cara y, con la fragilidad de una gota de lluvia, rompiste en llanto. Tenías tanto tiempo sin permitirte llorar que habías olvidado lo mucho que dolía.

Pero ese día tu bebé te había enseñado una cosa más: la dignidad que acompañaba a la tristeza genuina. No esa rabia impotente que te escocía los ojos, el egoísmo de no conseguir lo que anhelas ni la rabia que te obligaba a tensar la mandíbula y destrozar todo lo que había a tu alrededor con tal de sentirte mejor, sino la terrible soledad que acarreaba la certeza de saber que nunca volverías a ver a un ser querido, que jamás lo abrazarías de nuevo ni escucharías su voz resonando en tus oídos. Que ya nadie estaba para recibir todo el amor que te habías descubierto capaz de dar.

La ausencia de Olivia no sólo volvió tu casa gigantesca, sino también abrió un hueco imposible de llenar en tu corazón.

✦ ✦ ✦ ✦

Un mes después, volviste tanto a homicidios como al vicio del cigarro. Intentabas encontrar pruebas de las maldades de Laurele, pero con el pasar de las semanas fuiste encontrando más y más trabas respecto a la bruja.

Si bien ella no había vendido a Olivia, fue cómplice de su asesinato desde el momento en el que puso los ojos sobre tu hija en aquella capilla y, por lo tanto, a tu modo de ver era tan culpable como la misma Rose Broussard.

Sin embargo, no encontrabas registros de Laurele por ninguna parte, ni de ella ni de sus clientes, así como tampoco volviste a encontrar más bultos. Nadie dentro de los círculos del vudú parecía conocerla y si lo hacían, sus bocas se volvían tumbas cuando les pedías que te dieran información para encontrarla.

Al principio eso te hacía rabiar, pero con todo lo que habías pasado, entendiste que lo hacían para protegerse a sí mismos y a sus familias. No eras nadie para pedirles que arriesgaran algo que a ti te había dolido tanto perder.

Durante tu búsqueda, te enteraste por buena fuente que la cabaña del pantano también llevaba más de doce años abandonada. Removiste tierra, tablones y hasta estuviste a punto de derribar el molino con tus propias manos, pero nada encontraste que te ayudara a inculpar a la bruja.

Oficialmente, Laurele Fiquette ni siquiera existía, para empezar.

Cada vez más frustrado, fuiste a investigar a Louisa Fiquette para ver si podías sacar algo. Descubriste que, tal como te había advertido Alphonine, ella era una mujer sencilla, humilde y atormentada que nada quería saber sobre su cruel hermana. Los registros médicos decían que había sufrido tanto múltiples abortos como la pérdida de su único hijo, y aunque eso te habría hecho elevar una ceja de inmediato, Louisa *estaba viva* y no poseía riquezas. Supusiste que sólo era una víctima más, por lo que decidiste dejarla en paz.

Estabas tan estancado que llegó un momento en el que creíste que la única forma de acabar con Laurele sería matándola con tus propias manos una vez que la encontraras, pero ella desapareció por tanto tiempo que casi descartaste por completo la idea. Y aunque te negabas a encontrar consuelo en la justicia vudú de la que Mamá Zema te había hablado, en el fondo querías creer que, de alguna manera, aquella bruja pagaría sus pecados.

Sí. Habías empezado a tener fe en esas cosas.

Y no fue sino hasta siete años después que, mientras hacías una investigación en el Barrio Francés, la viste de espaldas, entre la multitud. Ella caminaba junto a un par de turistas, guiándolos hacia una tienda que tenía poco de haber abierto y a la que jamás le habías prestado atención.

Fue como si hubieras regresado al pasado. Todo el odio, toda la rabia que se había quedado dormida dentro de ti despertó como una tormenta. Te acercaste y, a pocos metros de alcanzarla, ella te miró sobre su hombro. Bajo las luces del *Mardi Gras*, te sonrió.

Quedaste paralizado ante su oscura mirada, porque Laurele lucía exactamente igual a como la viste la última vez.

Ella entró a la tienda junto con aquellos turistas y cerró la puerta tras de sí.

Al recordar todas las cosas imposibles de las que habías sido testigo, comprendiste que no ibas a poder vencerla. No con la naturaleza humana que poseías. *Debías encontrar algo más.* Un momento, un método, una magia adecuada que te ayudaría, finalmente, a vengar a Olivia... quién diría que, un año después, lo que encontrarías sería *una persona.*

Pero aún era pronto para que lo supieras.

Diste la vuelta y te marchaste, con la lluvia golpeando con fuerza contra tu gabardina, algo peculiar, puesto que no era temporada de huracanes.

Y mientras te veía irte, enredado en un letrero de Bourbon Street, no dejé de pensar en que, a pesar de todo, habías sido afortunado.

Muchas personas experimentaban —y validaban— el amor inmediato. Ése que, en cuestión de segundos, días o semanas, te hacía enamorarte, querer estar con esa persona especial y hacerla feliz hasta el final de tus días. Amores que se encontraban en los libros, en los cines, en los teatros, en las calles...

Pero el mundo se olvidaba que existían otros tipos de amor a primera vista. Había madres que adoraban profundamente a sus bebés desde el vientre con sólo sentirlos dentro de ellas. Padres que, aun cuando sus recién nacidos morían en sus brazos, sentían que los habían amado toda la vida. Y para ti, para una persona que jamás había querido, fue una suerte haber vivido un amor que sin tiempo y sin lazos de sangre se volvió eterno.

Con todo y el dolor de tu pasado, el resentimiento y el odio que siempre tuviste en tu corazón, Olivia había hecho la diferencia.

Olivia siempre sería tu primer amor.

FIN DEL LIBRO DE HOFFMAN

EPÍLOGO

Hoy también está lloviendo, si bien es marzo y todavía no llega la temporada de huracanes.

Hace frío, por lo que te echaste encima una gabardina un poco más gruesa y las botas más decentes que encontraste en tu escueto guardarropa.

Pero está bien. Te lo has permitido porque a donde vas no hay asfalto. Sólo kilómetros y kilómetros de mi más genuino hogar.

Bajas la escalera de tu casa, pretendiendo no tener prisa, lo que me basta para enredarme en una de tus piernas. Observas rápidamente la cocina, satisfecho al comprobar que no has dejado un solo plato sin lavar.

Me siento tan orgulloso de ti que me permito subir hasta tus hombros para rozar mi mejilla contra la tuya, aunque tú lo sientas más como un leve escalofrío.

Llevo muchos años prometiéndome no entrometerme más en los asuntos de los vivos, pero a veces quiero creer que me siento demasiado humano para cumplirlo.

Mientras buscas las llaves de tu coche, te dices que, aunque tus muebles siguen siendo los mismos desde hace años y tu casa ha quedado tan vacía como cuando Olivia se fue, hay cosas que cambiaron. Ella te había hecho mejor en algunos aspectos y dejar esos buenos hábitos habría sido como olvidarla, cosa a lo que no estabas dispuesto.

Por último, miras hacia la sala, asegurándote de haber colgado bien el auricular del teléfono, aquel que habías mandado instalar hacía un buen tiempo. Sentiste un poco de rabia al recordar la maldita conversación que habías tenido en la mañana.

—*No quiero que le pases el teléfono, cabrón* —le dijiste a aquél con quien estabas hablando—. *Quiero que le digas que voy a ir a verlo.*

Y aunque luego discutiste con el "hijo de perra", el enojo no te duró mucho. De hecho, has estado sufriendo un nerviosismo placentero, como si estuvieras ansioso porque *algo* sucediera.

Miras las nubes espesas a través de tus ventanales y te imaginas que tal vez nuevamente la tarde será gris y eterna, como siempre. Pero al salir de tu casa y asomarte al porche, te sorprendes al encontrar las cosas muy distintas. Esta vez observas algo más allá de las siluetas negras que se ocultan detrás de las gotas de lluvia, colores más vivos en la hierba, el petricor volviendo a ser un aroma agradable...

Y eso es lo más desconcertante de todo; se supone que ahora deberías de estar en medio de una crisis, porque tras veinte años de carrera, dos décadas enteras de mantenerte en ese trabajo que se supone te daba motivos para vivir... por fin te habían despedido.

Habías dejado de ser detective, pero extrañamente, no sientes que tu vida o tu identidad hayan perdido el sentido a causa de eso. Al contrario, es como si te hubieses quitado un enorme peso de los hombros.

Te habían dicho que la pesadilla de Laurele se había terminado. Que la bruja por fin había muerto en el cementerio de Saint Louis y aunque te dices que lo único que quieres es escucharlo *por su boca* de una vez por todas, en el fondo sientes que tal vez hay otro motivo por el que quieres aventurarte a ese lugar.

Sí. Otra vez te mentías, tal cual hiciste cuando Olivia llegó a tu vida.

Al verte juguetear con las llaves, empapándote en la puerta de tu vehículo, un pensamiento hermoso me viene a la cabeza: tu hija te había dejado un hueco tan grande que, por más vacío que esté, tu corazón ya no puede encogerse de nuevo.

Tal vez lo único que necesitas es algo con qué llenarlo. Quizá no con el mismo sentimiento, tal vez con algo completamente nuevo y diferente... porque así como tu hija, *él* es diferente. A su manera.

Subes al auto y arrancas con dirección a la reserva aledaña a Nueva Orleans. A la aldea oculta entre el pantano.

Desde la muerte de Olivia, la lluvia se había prolongado para ti ocho largos años, pero hoy... hoy parece que el sol por fin volverá a resplandecer entre las nubes.

AGRADECIMIENTOS

Todo mi cariño y gratitud a los pobres desafortunados que me soportaron día y noche durante el caótico mes que me tomó escribir esta novela. Para empezar, se supone que sería un relato *corto*, pero descubrir la historia de Hoffman y ver que hacía conmigo lo que se le daba la gana terminó siendo una de las experiencias más significativas de mi carrera.

Gracias a mi familia, a mis amigos y a mi terapeuta por su paciencia y generosidad, por estar allí para mí cuando no podía estar ni yo misma. Y especialmente gracias a mi editor José Manuel Moreno Cidoncha y a Guadalupe Ordaz y Rogelio Villarreal Cueva por dar luz verde a este proyecto. Nunca olvidaré su entusiasmo y confianza en una historia que ni siquiera sabía que necesitaba tanto escribir.

Nos leemos en los Grandes Lagos.

Esta obra se imprimió y encuadernó
en el mes de octubre de 2021, en los talleres
de Impregráfica Digital, S.A. de C.V.
Av. Coyoacán 100-D, Col. Del Valle Norte,
C.P. 03103, Benito Juárez, Ciudad de México.